Anna Gasthauser

Kleine heile dreckige Welt

Anna Gasthauser

Kleine heile dreckige Welt

FSC
www.fsc.org
MIX
Papier aus ver-
antwortungsvollen
Quellen
Paper from
responsible sources
FSC® C105338

1. Auflage, Oktober 2022
© Anna Gasthauser

Cover und Illustrationen:
Anna Gasthauser

Lektorat:
Anke Höhl-Kayser

Bibliografische Information der Deutschen Nationalbibliothek:
Die Deutsche Nationalbibliothek verzeichnet diese Publikation in der
Deutschen Nationalbibliografie; detaillierte bibliografische Daten sind im
Internet über http://dnb.dnb.de abrufbar.

Impressum
Anna Gasthauser
c/o R. Wolff
Lindenstraße 17
14467 Potsdam

Herstellung und Verlag: BoD – Books on Demand, Norderstedt
ISBN: *978-3-756-85933-7*

Jane merkte zu spät, dass sie nicht allein war. Ihr blieb keine Chance mehr, sich umzudrehen, denn im nächsten Augenblick packte sie jemand im Genick und riss sie brutal an den Haaren zurück. Im Fallen schoss ihr der Gedanke durch den Kopf, dass ihr hier an diesem entlegenen Platz des Schulhofes hinter dem Hauptgebäude niemand zur Hilfe kommen würde. Dann landete sie hart auf dem Rücken. Sie wartete auf den Schmerz, doch was sie stattdessen spürte, war die Kälte des Pfützenwassers, das durch ihre Kleidung drang. Jane blinzelte hinauf und erkannte Lindsey, Natalie und Adriana, die lachten und sich gegenseitig abschlugen.

»Radioaktiv verseuchte Zombieschlampe«, knurrte Natalie. Sie zog ein Klappmesser und ließ es aufspringen. Noch bevor Jane in der Lage war, sich wegen des Messers Gedanken zu machen, hob das Mädchen den Fuß und trat ihr in den Bauch. Jane rollte sich auf die Seite, zog den Kopf ein, krümmte sich zusammen und hielt die Luft an. Es tat weh. Aber sie war entschlossen, keinen Laut von sich zu geben, egal, was sie ihr noch antun würden ... *Nicht schreien. Und auf keinen Fall weinen.* Diese Genugtuung sollten sie nicht bekommen. Doch ihr Verhalten schien die Angreiferinnen nur noch mehr herauszufordern. Sie spuckten auf Jane und traten nun gemeinsam auf ihre Beine und den Rücken ein.

Fußtritte waren immer noch besser als Messerstiche, dachte Jane und hoffte, die Mädchen würden sich nicht trauen, das Messer zu benutzen. Sie traten noch fester zu und hörten erst damit auf, als ein Tritt Jane so hart in die Rippen traf, dass sie vor Schmerz aufschrie. Zusammengekauert lag sie da, kniff die Augen zu und hielt die Luft an, um nicht zu wimmern. Sie dachte an Arthur, der in diesem Moment weit weg irgendwo am anderen Ende der Stadt war und nicht ahnte, was hier mit ihr passierte.

Die Tritte hatten aufgehört, doch Jane spürte ihr schmerzendes Echo noch immer. Eine der Angreiferinnen packte sie bei den Haaren und zerrte an ihrem Zopf, vielleicht, um sie aus der embryonalen Schutzhaltung zu zwingen. Sie riss Janes Kopf nach hinten. Entsetzt von der Brutalität schrie sie erneut auf. Nur einen Sekundenbruchteil öffnete sie die Augen und sah den gammligen Apfel in Lindseys Hand, den sie ihr einen Moment später auf den Mund drückte. »Stell dich nicht so an, Vitamine sind gut für dich!«

Der faulige Gestank brachte Jane zum Würgen. Sie schnappte nach Luft und Lindsey stopfte ihr die widerliche Frucht gewaltsam in den Mund. Jane wusste, sie durfte sich auf keinen Fall übergeben. Sonst würde sie ersticken. Ihr Mund war voll von dieser matschigen Masse, doch Lindsey drückte unnachgiebig nach, wohl fest entschlossen, den Apfel unbedingt ganz in sie hineinzuzwingen. Jane schlug um sich, versuchte, sich aus der Gewalt der Mädchen zu befreien, aber die hielten sie im Klammergriff und zerrten so stark an ihrem Zopf, dass sie ihr jede noch so geringe Kopfbewegung unmöglich machten. *Ruhig! Atmen! Nicht ersticken!* Doch eine heftige Übelkeitswelle erfasste Jane und ließ sie erneut würgen. Etwas von dem Zeug rutschte ihr in den Rachen. Endlich nahm Lindsey die Pranke von ihrem Mund. Hustend spuckte Jane die breiigen Reste des Apfels aus und erbrach sich. Ohne aufzublicken, hörte sie über sich die Jubelschreie der Mädchen, als hätten sie soeben irgendeinen Highscore geknackt. Keuchend rollte sich Jane wieder zusammen.

»Hey, Zombieschlampe, wasch dir gefälligst die Kotze aus der Visage!« Natalie drückte ihr Gesicht in die Pfütze und irgendwer trat auf ihren Kopf. Jane schluckte Pfützenwasser. Sie hustete und rang nach Luft. Dann waren die Mädchen fertig mit ihr.

Als sich ihr Lachen entfernte und bald nicht mehr zu hören war, lag Jane noch immer am Boden, mit dem halben Gesicht in der Pfütze, und rührte sich nicht. Das Rauschen des Straßenverkehrs, der auf der anderen Seite des Maschendrahtzauns tobte, drang jetzt unwirklich laut an ihre Ohren. In jeder Faser ihres Körpers war Schmerz. Sie fürchtete sich davor, sich zu bewegen. Womöglich waren ein paar Rippen gebrochen. Da war dieser üble Geschmack des Apfels in ihrem Mund, aber sie schmeckte auch Blut. Offenbar hatte sie sich selbst auf die Lippe gebissen, denn ihr Gesicht war das einzige, was die Mädchen in Ruhe gelassen hatten.

Ganz langsam hob Jane den Kopf. Sie spuckte aus. Dunkles Wasser tropfte ihr aus den Haaren. Ihre Schulter schmerzte, als sie sich mit dem Arm aufstützte, und ihre Rippen brannten. Eine Weile blieb sie einfach nur so im nassen Dreck sitzen. Sie fror. Nach und nach krochen die Schmerzen in bestimmte Bereiche, als hätten sie eine gewisse Zeit gebraucht, um sich in ihrem Körper zu orientieren. Jetzt konzentrierten sie sich auf ihren Rücken, den Po und den linken Oberschenkel. Der Rest ging.

Jane blickte an sich hinunter. Die schwarzen Strumpfhosen waren schon vorher durchlöchert gewesen, aber nun war das Gewebe vollkommen zerfetzt und verhüllte ihre bleichen Beine kaum noch. Sie wischte sich die Hände am Rock ab und tastete nach ihrem Haar, um es auszuwringen. Doch der geflochtene Zopf, der ihr normalerweise bis über den Rücken reichte, war verschwunden. Vor Entsetzen stockte ihr der Atem. Panisch tastete sie sich den Hinterkopf ab und fühlte nur noch kurze Stoppeln, die aus dem Haargummi ragten. Als sie die Hand zurückzog, waren ihre Finger blutig und erst in dem Augenblick nahm sie das scharfe Brennen im Nacken wahr. Die Mädchen mussten sie gekratzt haben. Oder sie waren mit dem Messer abgerutscht.

Ihr Zopf lag ein paar Meter entfernt in einer Pfütze. Er glich einer blauen exotischen Schlange, die irgendwie in diese hässliche Welt geraten und dann hier in der Ödnis verendet war. Der Anblick versetzte Jane einen Stich in die Brust und dieser Schmerz traf sie herber als die Tritte. Auf Knien kroch sie auf die Pfütze zu, nahm den Zopf mit ihren zittrigen Fingern, drückte behutsam einen Teil des Wassers heraus und schob ihn in die Bauchtasche ihres Sweaters. Es mochte sinnlos sein, ihn mitzunehmen, aber die Vorstellung, ihn in der Pfütze liegen zu lassen, war ihr unerträglich. Mit dem Ärmel wischte sie sich die Tränen aus dem Gesicht.

Sie atmete tief durch, zog sich das Gummiband aus dem Haar, fuhr sich durch die Strähnen und beugte sich über die Pfütze, doch die Regentropfen machten das Spiegelbild zu undeutlich, um etwas darin zu erkennen.

Das ferne Läuten der Schulklingel signalisierte das Ende der Pause. Jane hatte nicht vor, in den Unterricht zurückzukehren. Sie wollte nur noch nach Hause und dort auf Arthur warten. Einmal mehr war sie froh, ihren Rucksack in den großen Pausen stets bei sich zu tragen, statt ihn im Klassenraum zurückzulassen. So ging sie kein Risiko ein, dass einer ihrer Mitschüler sie beklaute oder ihr irgendetwas Widerwärtiges in die Tasche steckte. Und sie hielt sich die Möglichkeit offen, jederzeit abhauen zu können. Sie schob den Rucksack durch die Öffnung unter dem Maschendrahtzaun nach draußen und zwängte sich dann selbst hindurch, wie sie es in den letzten Jahren schon so oft getan hatte.

Unterwegs rieb sie sich mehrfach übers Gesicht, aber noch immer schien etwas von dem schmierigen Apfeldreck auf ihrer Haut zu kleben.

Doch schlimmer war, dass sie den Geschmack nicht loswurde. Sie atmete tief durch, um einen neuen Anflug von Übelkeit abzuwenden, und nahm den modrigen Geruch wahr, der die Straßen immer dann erfüllte, wenn es regnete. Als würde der Regen den tiefsitzenden Gestank von Schimmel und Verwesung aus den Eingeweiden der Stadt ziehen.

Die Leute, die Jane entgegenkamen, beachteten sie nicht. Niemandem schienen ihre zerrissenen Kleider aufzufallen. Niemanden kümmerte es, dass sie schmutzig und ihr Hals blutverschmiert war. Tatsächlich sahen einige der Gestalten übler aus als sie. Zumindest die Obdachlosen und die Junkies.

Der Weg kam Jane heute weiter vor als sonst, obwohl sie die Strecke beinahe jeden Tag zurücklegte. In der Ferne sah sie bereits die Gebäude ihrer Wohngegend, aber je länger sie auf den Horizont starrte, desto langsamer schien sie ihm näherzukommen. Um sich abzulenken, heftete sie den Blick auf den Boden und zählte Zigarettenkippen. Plötzlich tauchte eine ungewöhnlich große Ratte vor ihren Augen auf. Das Tier huschte nur wenige Millimeter vor ihrer Schuhspitze über den Weg. Erschrocken blieb Jane stehen und beobachtete, wie die Ratte sich durch eine

Öffnung im Gully in die Kanalisation zwängte. Im nächsten Moment stieß jemand grob gegen Janes Schulter. Sie verlor das Gleichgewicht, stürzte und keuchte auf, mehr wegen des Schreckens als wegen des Schmerzes. Der Mann war von hinten gekommen und hatte sie bestimmt absichtlich angerempelt. Er ging einfach weiter, ohne sich nach ihr umzudrehen. »Blödmann«, murmelte Jane und rappelte sich schnell wieder auf. Sie sah sich um und stellte erleichtert fest, dass niemand sie anstarrte. Dann ging ihr Blick erneut zu den grauen Gebäuden in der Ferne. Wäre sie doch nur schon zu Hause! Jane überkam ein heftiges Gefühl von Selbstmitleid und sie musste sich zusammenreißen, nicht in Tränen auszubrechen. *Nur nicht heulen, hier vor allen Leuten, mitten auf der Straße.* Zwar würde es vermutlich niemanden interessieren, wenn sie weinte, so, wie es keinen interessierte, wenn sie stürzte. Aber sie wollte einfach nicht weinen! Ein starkes Mädchen wäre tapfer in dieser Situation! Sie atmete durch und ging weiter. Unter den nassen Kleidern zitterte sie vor Kälte und die Stellen, die Natalie und die anderen besonders hart getroffen hatten, schmerzten. Sie sehnte sich nach Arthur. Wenn sie ihm die Namen der Mädchen verriet, würde er sie nicht ungestraft davon kommen lassen. Allein die Vorstellung tröstete Jane ein wenig und sie schaffte es, die Tränen zurückzuhalten. Es war alles halb so schlimm, wie es sich anfühlte ... Sie musste ja nicht ewig zur Schule gehen. Und sicher waren ihre Mitschüler und Lehrer bald nur noch verblassende Erinnerungen.

Das sechsgeschossige Haus, in dem Jane und Arthur seit ihrer Geburt lebten, unterschied sich kaum von den übrigen Bauten der Straße. Es war genauso heruntergekommen und genauso hässlich. Das einzig Lebendige in dieser Gegend waren die ständig wechselnden bunten Graffiti an den Hauswänden. Als Jane geradeaus blickte und Arthur in der Ferne entdeckte, durchfuhr sie ein Glücksgefühl, das sie von einem Moment auf den nächsten das Selbstmitleid und die Schmerzen vergessen ließ. Sein Anblick brachte sie zum Lächeln. Er war offenbar ebenfalls gerade auf dem Heimweg und kam aus der entgegengesetzten Richtung, aber weil er den Kopf nach vorn geneigt hielt, hatte er Jane noch nicht gesehen. Sie rannte, um vor ihm das Haus zu erreichen. Als er vor der Tür auf sie traf, sah er sie überrascht an. Trotz der Haarsträhnen, die ihm nass ins Gesicht hingen, erkannte Jane sofort, dass seine Wange geschwollen und sein linkes Auge blau unterlaufen waren. Ein dünnes Rinnsal Blut zog sich von der Augenbraue bis zum Hals. Sein Blick glitt kurz an ihr hinab zu ihren zerrissenen Strumpfhosen. »Was ist dir passiert?«

Jane zuckte mit den Schultern. »Vermutlich das Gleiche wie dir.«

Ein flüchtiges Lächeln huschte über seine

Lippen, bevor die besorgte Miene zurückkehrte. Er berührte ihr Haar.

»Die haben mir meinen Zopf abgeschnitten«, sagte Jane tapfer, aber sie spürte den Druck in ihrer Kehle, der sich immer bildete, wenn sie kurz davor war, in Tränen auszubrechen. Sie zog den Zopf aus der Jackentasche und hielt ihn Arthur entgegen. Er blickte nur eine halbe Sekunde darauf, betastete dann ihren Nacken und fingerte an der Wunde herum. Jane wich zurück. Er starrte auf das Blut an seinen Fingerspitzen.

»Ist nur ein Kratzer«, sagte sie.

Arthur drückte die sperrige Haustür auf und verzog das Gesicht zu einer schmerzverzerrten Grimasse. Vermutlich hatte es ihn heftiger erwischt als sie. Ob er *doch* irgendwie gespürt hatte, was ihr zugestoßen war? Mit Hilfe übersinnlicher telepathischer Kräfte? Und ob er sich daraufhin in eine ähnliche Situation begeben und es absichtlich darauf hatte ankommen lassen, verhauen zu werden, um die Schmerzen mit ihr zu teilen? Vielleicht waren diese telepathischen Kräfte ein Hirngespinst von Jane. Arthur wurde schließlich andauernd zusammengeschlagen. Meistens, wenn er sich beim Klauen erwischen ließ und nicht schnell genug weglaufen konnte.

Aber solche Gedanken hatte sie schon oft gehabt, dass sie beide auf eine übernatürliche Weise miteinander verbunden waren, selbst wenn sie sich gerade an völlig verschiedenen Orten der Stadt befanden. Ganz bestimmt konnte Arthur spüren, wenn sie Kummer hatte. Und umgekehrt war es genauso.

Am Fahrstuhl klebte ein Zettel mit der krakeligen Aufschrift »Defekt«.

»Das Haus ist ein beschissenes Drecksloch!«, fluchte Arthur, trat wie ein Wahnsinniger gegen die Fahrstuhltür und hämmerte anschließend mit der Faust auf den Knöpfen herum. Jane wartete, bis er davon abließ. Dann zog sie ihn am Jackenärmel Richtung Treppe. Er seufzte und sah Jane mit einem Blick an, als wäre es seine Schuld, dass sie nun die vier Stockwerke zu Fuß gehen mussten. Er nahm ihre Hand – seine Haut war warm und rau – und dann stiegen sie langsam die Stufen hinauf.

Arthur saß auf der Couch und saugte den letzten Zug aus der Zigarette. Er lehnte den Kopf zurück, blies den Qualm aus und drückte schließlich den Zigarettenstummel in den vollen Aschenbecher, der eigentlich ein alter Babyteller mit Kätzchenmotiv aus Janes Kleinkindzeit war.

Im Wohnzimmer herrschte Chaos. Der Tisch und der Boden waren übersät von benutztem Geschirr, leeren Chipstüten, Flaschen, Klamotten und Krempel. Aber es war definitiv zu heiß, um aufzuräumen. Obwohl er nur noch seine Unterhose trug, schwitzte Arthur. Nach der Hitze der letzten Wochen war die Wohnung so aufgeheizt, dass die kurze Abkühlung dieses einen Regentages nicht gereicht hatte, die aufgestaute Wärme zu verdrängen. Und ab morgen sollte es wieder heiß werden. Im Radio sprachen sie bereits vom Jahrhundertsommer, dabei war noch nicht einmal Juni.

Jane kam aus dem Bad. Sie hatte die nassen Sachen gegen eines von Arthurs abgetragene Shirts getauscht. Obwohl es ihr bis zu den Knien reichte, konnte es die Blutergüsse an den Beinen und Armen nicht ganz verdecken. Ein paar der blauen Flecke waren älter und fast verblichen, aber die neuen waren deutlich zu sehen. Sie nahm auf dem Teppich Platz und lehnte sich mit dem Rücken ans Sofa. In der Hand hielt sie den abgeschnittenen Zopf und fädelte ihn immer wieder zwischen ihren Fingern hindurch.

Arthur strich mit den Fingerspitzen Janes Nacken hinab und spürte, wie sie die Muskeln anspannte. Ihre Faust umklammerte den Zopf. Arthur schob ein paar blauschimmernde Haarsträhnen beiseite, die jetzt so kurz waren, dass sie sich aus dem Zopfgummi gelöst hatten. Das Blut war getrocknet. Das Miststück hatte Jane zum Glück nicht tief geschnitten, doch die Wunde tat mit Sicherheit mehr weh, als sie zugab. Mit dem Daumen strich er über die Haut unterhalb der Stelle, fühlte ihre Wirbelknöchel. Jane zuckte leicht zusammen, als er der Verletzung zu nah kam, gab allerdings keinen Laut von sich. Arthur zog am Ausschnitt des Shirts, um ihre Schultern und den Rücken nach weiteren Blessuren abzusuchen, aber Jane protestierte und schlug seine Hand weg.

»Verdammt, Jane, du bist überall grün und blau. Ich will nur sichergehen, dass sonst alles okay ist«, erklärte Arthur, ließ jedoch von ihr ab.

»Wie oft soll ich's dir noch sagen? Die haben mich nur ein bisschen rumgeschubst«, schimpfte sie. »*Du* bist viel schlimmer zusammengeschlagen worden als ich. Mit einem Baseballschläger!«

Arthur betastete seinen Haaransatz. Die Beule war zurückgegangen und die Schwellung kaum noch spürbar. Er hatte eine Schachtel Kippen klauen wollen und den übermotivierten Supermarktangestellten unterschätzt, der gleich mit dem Baseballschläger auf ihn losgegangen war. Aber der Kerl hatte ihn offenbar nur verjagen und nicht k.o. schlagen wollen. Die Platzwunde war lächerlich und hatte kaum geblutet.

»Blödsinn«, antwortete Arthur. »Ich hab Ladendiebstahl begangen. Somit bin ich bewusst das Risiko eingegangen, eins übergebraten zu bekommen. Genaugenommen war es also eine einvernehmliche Rangelei. Das ist etwas anderes, als wenn eine Horde Weiber ein wehrloses Mädchen verprügelt.«

Die Art, wie sie ihn ansah, verriet Arthur, dass sie gekränkt und wütend war. Er verkniff es sich, weiter auf sie einzureden, um die Namen der Angreiferinnen aus ihr herauszubekommen. Sie war so stur! Nur dass sie zu dritt gewesen waren, hatte sie verraten. Er fühlte sich schlecht, weil er Jane überhaupt nicht helfen konnte. Jedenfalls konnte er nicht auf die Weise helfen, wie es ihre Eltern gekonnt hätten. Ihre Eltern hätten zum Direktor gehen und dafür sorgen können, dass die elenden Hexen der Schule verwiesen wurden. Arthur hingegen konnte den Mädchen nur einen Denkzettel verpassen, damit sie Jane nie mehr anrührten. Aber dazu musste er wissen, wer sie waren.

Offenbar hatte Jane, abgesehen von der

Schnittverletzung im Nacken, keine offenen Wunden. Doch die Blutergüsse machten deutlich, dass die Angreiferinnen brutal vorgegangen waren. Wahrscheinlich wollte Jane die ganze Sache einfach vergessen. Arthur beschloss, sie fürs Erste in Ruhe zu lassen, aber zuvor musste er sich um die Wunde kümmern. Er massierte Janes verkrampfte Schultern, schob ihr die Haare aus dem Nacken und blies leicht auf die verletzte Stelle. Dann drückte er ihren Kopf mit sanfter Gewalt nach vorn. Mit der Rechten griff er zur Flasche und kippte einen kräftigen Schluck von dem klaren Hochprozentigen über ihren Nacken. Wieder zuckte Jane zusammen. Der Alkohol benetzte die Wunde und durchnässte ihr T-Shirt. Für zwei oder drei Sekunden ertrug sie den Schmerz still und stieß dann einen gepressten Laut aus, wobei sie sich die Hände auf den Mund drückte.

»Erledigt.« Arthur trank einen Schluck. Das Zeug brannte in seiner Kehle. Dann reichte er die Flasche an Jane weiter. Sie nippte daran und schnappte keuchend nach Luft.

»Die Schlampen, die dir das angetan haben, sollte man skalpieren.« Er hoffte, Jane würde doch noch mit der Sprache herausrücken. Aber sie legte zitternd den Zopf auf die Tischplatte und betrachtete ihn stumm. Ihr Anblick versetzte Arthur einen Stich. Er hasste es, wenn sie so niedergeschlagen war. Und er hasste all die verfluchten Dämonen da draußen, die schuld an ihrem Schmerz waren.

»Wollen wir aufs Dach?«, schlug er vor. »Der Regen hat sicher gereicht, um ein paar Pfützen zu hinterlassen.« Obwohl es verboten war, das Dach zu betreten, waren sie als Kinder nach einem starken Regenschauer oft nach oben geschlichen und hatten sich einen großen Spaß daraus gemacht, in den Wasserlachen herumzuspringen und sich gegenseitig nasszuspritzen.

»Nein«, antwortete Jane mürrisch. »Ich bin doch kein Baby mehr.«

*

Im Schlafzimmer war es dunkel. Vom Bett aus sah Arthur durch den schmalen Spalt des Türvorhangs das Flackern des Fernsehers im Wohnzimmer. Jane hatte den Ton so leise gestellt, dass er fast nichts hörte.

»Komm jetzt ins Bett«, rief er bereits zum dritten Mal. Es war nach eins, aber Jane saß noch immer nebenan vor irgendeinem Horrorfilm, von dem sie sich nicht losreißen konnte. Sie war ganz versessen auf Gruselfilme. Es schien eine Obsession von ihr zu sein, sich zu fürchten, wenngleich sie danach oft nächtelang schlecht träumte.

Obwohl Jane aufgrund der Blessuren zweifellos unter den Schmerzen litt, hatte sie den ganzen Abend kein einziges Mal gejammert. Vielleicht lag es daran, dass *er* ebenfalls lädiert war. Es kam Arthur vor, als wären Jane und er die beiden letzten Überlebenden, die soeben vom Schlachtfeld zurückgekehrt waren. Die zwei letzten Überlebenden, die dasselbe Schicksal teilten und es Seite an Seite still und tapfer ertrugen.

Ein paar Minuten später schaltete sie endlich den Fernseher aus und kroch ins Bett. Doch in der Nacht wälzte sie sich ruhelos herum. Arthur wusste nicht, ob der Film oder das, was ihr in der Schule passiert war, sie so aufwühlte, oder ob es die Schmerzen waren. Die Schnittwunde tat sicher bei jeder kleinsten Bewegung weh. Er hatte vergeblich versucht, Jane dazu zu bringen, mehr von dem Fusel zu trinken. Genug, um den miesen Tag zu vergessen und um die Schmerzen zu betäuben. Von Zeit zu Zeit stöhnte sie leise auf, wenn sie sich bewegte. Arthur lag neben ihr, hellwach, lauschte ihrem unruhigen Atem und dem leichten Rascheln der Decke.

Irgendwann setzte sie sich auf, als Lärm aus der Nachbarwohnung drang. Ein donnerndes Poltern, als würde jemand mit den Fäusten auf die Wände einschlagen, das Scheppern von Geschirr, Gebrüll. Es war dieselbe Geräuschkulisse wie jedes Mal, wenn sich das schwachsinnige Paar nebenan im Suff in die Wolle kriegte. Und wie jedes Mal würden sie sich in wenigen Minuten wieder vertragen und es lautstark miteinander treiben. Vielleicht würde es eines Nachts anders enden, wenn sie sich im Streit gegenseitig umbrachten. Manchmal hoffte Arthur, dass es endlich so weit war.

Er tastete nach Janes Arm. Ihre Haut war kühl.

»Leg dich wieder hin, Janey«, flüsterte er. Sie atmete durch. Nebenan brüllte die Frau die gleichen Schimpfwörter wie immer, und der Mann lachte, woraufhin sie noch lauter schrie. Nach einer Weile legte sich Jane auf den Bauch, doch in dieser Position hielt sie es keine Minute aus, deshalb drehte sie sich auf die Seite. Behutsam strich Arthur ihr über den Rücken. Er schob die Hand unter ihr Shirt und glitt mit den Fingerspitzen sanft über ihre Haut. Er zeichnete Ellipsen, willkürliche Formen und schrieb die Buchstaben ihrer beider Namen. Wie damals, wenn sie nicht schlafen konnte, weil die Sehnsucht nach ihren Eltern sie nicht hatte zur Ruhe kommen lassen. Bald atmete Jane ruhiger. Sie war eingeschlafen. Aus der Wohnung nebenan drang leises Kichern.

2

Am nächsten Vormittag hatte sich die Wohnung bereits wieder unangenehm aufgeheizt und der Wetterbericht sagte für die ganze kommende Woche Trockenheit und Hitze jenseits der Dreißig-Grad-Marke voraus. Jane lag quer auf dem Bett, fächelte sich mit einem zickzackgefalteten Papier etwas Luft zu und blätterte in einer jahrealten Teeniezeitschrift, die Arthur irgendwann für sie aus einem Abfalleimer gefischt hatte. Erstaunlich, wie viel die Leute einfach so wegwarfen, obwohl die Armut immer schlimmer wurde und die meisten Bewohner dieser Stadt kaum noch genug Geld hatten, um über die Runden zu kommen.

Alle paar Minuten blickte Jane zur Uhr, doch die Zeiger schienen sich nicht von der Stelle zu bewegen. Die Farbpaste, die sie in ihrem Haar verteilt hatte, verursachte ein starkes Jucken auf der Kopfhaut, und sie konnte es kaum abwarten, das Zeug wieder auszuspülen. Aber sie wollte das Mittel unbedingt eine ganze Stunde einwirken lassen, um ein kräftiges Dunkelblau zu erzielen. Beim Auftragen war dummerweise etwas von der Farbe auf die Wunde gekommen und es hatte gebrannt wie die Hölle. Es wäre klüger gewesen, noch ein, zwei Tage mit der Aktion zu warten, bis der Schnitt verheilt war, doch die Geduld konnte Jane nicht aufbringen. Sie hoffte, dass der frische Farbton sie wieder etwas glücklicher stimmte, denn ohne ihre lange Mähne fühlte sie sich hässlich, jedes Mal, wenn sie das blasse, entstellte Mädchen mit der schiefen Vogelscheuchenfrisur im Spiegel betrachtete. Ein paar Strähnen reichten ihr gerade noch bis auf die Schulter, andere waren sogar noch kürzer. Arthur meinte, es sähe gar nicht so furchtbar aus, aber damit wollte er sie bestimmt nur trösten. Er hatte vorgeschlagen, ihr die Haare auf eine gleichmäßige Länge zu schneiden, damit sie wenigstens nicht wie ein menschgewordenes Picassogemälde herumlaufen musste, aber sie ertrug die Vorstellung nicht, noch einen einzigen weiteren Zentimeter einzubüßen. Ihre Haare waren immer das Einzige gewesen, das sie an sich gemocht hatte. Nun war es auch damit vorbei.

Sie setzte sich auf und nahm den blassblauen Zopf vom Nachtschränkchen. Um zu verhindern, dass er sich auftrennte, hatte sie einen Bindfaden darum gewickelt. Während sie den Zopf durch ihre Finger gleiten ließ, fragte sie sich, ob es wohl ein ganzes Jahr dauerte, bis ihr Haar wieder nachgewachsen war. Sie holte das Lineal aus ihrem Schulrucksack und maß die Länge des Zopfes. Neunzehneinhalb Zentimeter. Jane hatte keine Ahnung, wie schnell Haare wuchsen. Vielleicht wusste es Arthur? Auf jeden Fall würde es ewig dauern.

Mit Tränen in den Augen legte sie den Zopf beiseite, betastete die Plastiktüte, die sie sich über die Haare gezogen hatte, und kratzte sich die juckenden Stellen hinter den Ohren und an den Schläfen. Missmutig blätterte sie noch einmal durch die Zeitschrift und erst jetzt, wo sie darauf achtete, stellte sie fest, dass fast jede Abbildung eine langmähnige Schönheit zeigte.

Als sie die Wohnungstür klappen hörte, hielt sie inne. Arthur kam jetzt schon nach Hause? Das war seltsam. Eigentlich sollte heute das Probearbeiten für den neuen Job stattfinden, den er in Aussicht hatte. Einen richtigen Job mit Vertrag und festgelegtem Lohn. Aber Arthur war von Anfang an nicht besonders optimistisch gewesen, und vielleicht hatte sich die Arbeit tatsächlich schon nach den ersten Minuten als Reinfall entpuppt.

»Janey?«, hörte sie ihn von nebenan rufen. Er hatte also bereits ihre Schuhe entdeckt und wusste, dass sie nicht in der Schule war.

»Schlafzimmer«, antwortete sie, wischte sich

schnell eine Träne von der Wange und blätterte weiter in der Zeitschrift. Sie hörte Arthurs Schritte, aber statt, dass er den Vorhang beiseiteschob und hereinkam, klopfte er von außen gegen den Türrahmen. »Hast du was an? Hab wen mitgebracht.«

Jane rollte mit den Augen. So ein Unsinn. Er brachte so gut wie nie jemanden mit in die Wohnung. Sie schob die Zeitschrift weg, rutschte vom Bett und zog den Vorhang auf. Arthur stand inzwischen am Fenster und machte sich an dem Rollo zu schaffen. Ein sinnloses Unterfangen, weil das löchrige Ding die Mittagssonne sowieso nicht wirklich abhalten konnte. Dann sah Jane den Jungen, der in der Nähe der Wohnungstür stand. Überrascht zuckte sie zusammen. Sein irritierter Gesichtsausdruck machte ihr bewusst, welch merkwürdigen Anblick sie bieten musste. Mit dieser Tüte auf dem Kopf und der verschmierten Farbe auf ihrer Stirn und den Wangen. Sie zog an ihrem Shirt, weil sie keine Hose trug, und fragte sich, was wohl peinlicher war: die rosa Hello-Kitty-Unterwäsche oder die Hämatome an ihren Beinen, die darauf hindeuteten, dass sie eins dieser erbärmlichen Kids war, die in der Schule nach Strich und Faden verhauen wurden.

»Das scheiß Rollo zerfällt in seine Einzelteile«, fluchte Arthur und wischte sich die staubigen Finger an der Jeans ab. »Zum Kotzen!«

»Ich bin Nicolas«, sagte der Junge leise, nachdem er wohl die Hoffnung aufgegeben hatte, Arthur würde ihn vorstellen. Er lächelte ein wenig.

»Jane.« Sie hob die Hand zum Gruß. »Willst du was? Etwas trinken?«

»Nein. Danke. Nein, nichts.« Er wirkte so nervös, dass sich Jane automatisch weniger unwohl in ihrer eigenen Haut fühlte.

»Findet das Probearbeiten heute doch nicht statt?«, fragte sie an Arthur gewandt, der jetzt oberkörperfrei vor dem kleinen, fast blinden Wandspiegel stand und sich einen Deostick unter die Achseln rieb.

»Doch. Aber der Kerl, der uns einweisen soll, ist unterwegs aufgehalten worden. Er wird erst gegen Mittag aufkreuzen. Bis dahin schlagen Nicolas und ich die Zeit tot.« Er stellte den Deostick weg und blickte sich im Zimmer um. Mit den Augen suchte er den Boden ab, dann hob er ein zusammengeknülltes Shirt auf, schnüffelte daran und zog es sich über. »Die Frage ist wohl eher: Was treibst *du* hier? Warum bist du nicht in der Schule?« Sein Tonfall klang künstlich, weil er vor diesem Jungen den strengen großen Bruder spielte.

»Wir hatten schon nach den ersten beiden Stunden Schluss. Der Kammerjäger räuchert heute nämlich das ganze Schulgebäude aus. Er versprüht ein tödliches Gift. Man stirbt, wenn man das einatmet.«

Arthur nickte, offenbar zufrieden mit ihrer Lüge. Sein Freund, dieser Nicolas, stand immer noch an der Wohnungstür, als wollte er möglichst schnell wieder gehen. Vielleicht schreckte ihn die Unordnung ab. Erst jetzt wurde Jane das Chaos so richtig bewusst. Überall lagen schmutzige Kleidungsstücke herum. Bierdosen, dreckiges Geschirr, leere Cornflakes-Kartons und Kekstüten, volle Aschenbecher. Der Teppich war übersät von Krempel, sodass man achtgeben musste, wohin man trat, wenn man einen Schritt machte. Aber sie hatte ja nicht ahnen können, dass Arthur aus heiterem Himmel jemanden mitbrachte.

»Ist ziemlich heiß heute …«, sagte sie, nur um die Stille zu durchbrechen.

»Ja. Stimmt«, antwortete er nickend und wagte sich ein Stück weiter ins Wohnzimmer hinein. Sein Blick fiel auf die Axt, die hinter der Tür an der Wand lehnte und die Irritation in seiner Miene nahm noch etwas zu.

»Oh, das Ding haben wir nur für Notfälle«, erklärte Jane. »Um damit Einbrecher zu vertreiben. Anstelle eines Baseballschlägers.«

Daraufhin lächelte der Junge wieder sein verlegenes Lächeln.

»Hier sieht es wie im Schweinestall aus, stimmt's?«, fragte Jane.

Er deutete ein Kopfschütteln an und lächelte noch immer. Vermutlich hätte er nicht einmal dann etwas über den katastrophalen Zustand der Wohnung gesagt, wenn sich Ratten und Kakerlaken auf dem Boden tummeln würden. Auf dem Weg ins Schlafzimmer blieb Arthur einen Moment neben Jane stehen und strich mit der flachen Hand über die Plastiktüte auf ihrem Kopf. »Lass die Chemiepampe lieber nicht allzu lange drauf, sonst fallen dir sämtliche Haare aus«, meinte er. Dann hörte sie, wie er die Kommodenschübe aufzog. »Hey, hast du meinen Gürtel gesehen?«

Jane seufzte. Den Gürtel suchte er andauernd. Sie hatte keine Ahnung, wo er ihn jetzt wieder hingeworfen hatte. Schulterzuckend lächelte sie Nicolas an und folgte Arthur ins Schlafzimmer. Sie kniete sich auf den Boden, um unter dem Bett zu suchen, aber auch da war der Gürtel nicht. Nur jede Menge anderer Kram. Der Staub kitzelte ihr in der Nase und brachte sie zum Niesen. Als sie wieder auftauchte, stand Nicolas im Türrahmen und blickte am Vorhang vorbei ins Zimmer. »Ihr teilt euch ein Schlafzimmer? Mit euren Eltern?«

»Quatsch«, fuhr Arthur ihn an. »Unsere Eltern sind geschäftlich viel unterwegs. Wenn sie hier sind, penne ich woanders. Oder glaubst du, wir hausen hier wie die Tiere? Janey schläft auf dem Sofa im Wohnzimmer. Noch mehr Fragen zu Dingen, die dich nichts angehen?«

Nicolas machte ein betretenes Gesicht und schüttelte den Kopf. Er tat Jane leid und Arthurs schroffe Reaktion war ihr peinlich.

3

Es war schon dunkel, als sich Arthur am Abend die Stufen hinaufschleppte. Der verfluchte Fahrstuhl funktionierte noch immer nicht. Die verdreckten Leuchtröhren an den Wänden des Treppenflurs surrten und gaben kaum Licht ab. Einige flackerten, andere waren schon vor langer Zeit durchgebrannt und nie ersetzt worden. Es stank nach Zigarettenqualm und Fäulnis. Arthur spürte jeden müden Muskel. Der erste Tag auf der neuen Arbeitsstelle war anstrengend gewesen. Die Einweisung hatte länger gedauert als gehofft und nachdem der arrogante Anzugtyp mit seinen Ausführungen fertig gewesen war, hatten er, Nicolas und die anderen Bewerber sechs unbezahlte Probestunden absolvieren müssen. Sechs! Arthur fragte sich, wie viele Kisten er in dieser Zeit wohl aus den unzähligen Regalen geholt und auf das Fließband gepackt hatte. Fünfhundert? Eintausend? Die Schlepperei war wirklich ätzend. Dazu kam, dass er die meiste Zeit völlig orientierungslos durch die labyrinthartigen Regalreihen geirrt und dadurch noch unnötige Extrameilen gelaufen war. Letztendlich hatte er den Job bekommen, was bewies, dass Jackson, der Boss der Firma, nicht besonders wählerisch war.

Der nahm anscheinend jeden, der bereit war, sich für sein Unternehmen abzuschuften. Sogar den Hänfling Nicolas hatten sie eingestellt, obwohl er absolut ungeeignet für den Knochenjob war. Zugegeben, Nicolas hatte die Logik des komplizierten Regalsystems als Einziger begriffen und den anderen ein paar Mal den richtigen Weg durch die Lagergänge gewiesen, aber die Schlepperei hatte er einfach nicht drauf. Mehr als eine Woche hielt er die Belastung sicher nicht durch und Arthur bangte es jetzt schon vor dem Tag, ab dem er sich selbst im Lager zurechtfinden musste. Abgesehen davon würde er Nicolas kein bisschen vermissen! Er war irgendwie nervig. Was sollte die Fragerei heute Vormittag? Was ging es ihn an, wer in welchem Bett schlief?

Arthur seufzte beim Gedanken, diesen Sklavenjob jetzt regelmäßig machen zu müssen. Aber egal, wie mies bezahlt und hart er war, war er doch immer noch besser, als wieder auf den Strich zu gehen und sich für ein paar Dollar von irgendwelchen Perversen durchnehmen zu lassen.

Auf den letzten Treppenstufen schnaufte er vor Anstrengung. Er sehnte sich danach, kalt zu duschen und sich mit Jane auf dem Sofa unter die Decke zu kuscheln. Sie würden fernsehen, bis Janey gegen Mitternacht die Augen zufielen, und dann schlafen gehen.

Als er die Wohnung betrat, sprang ihm Jane entgegen und sah ihn an, als hätte sie schon eine ganze Weile auf seine Rückkehr gewartet. »Wie ist es gelaufen?«, wollte sie wissen. Sie hatte sich zurechtgemacht und trug das schwarze Kleid mit den Schlitzen und den vielen Sicherheitsnadeln. Ihr Haar war tiefblau und sie hatte es auf eine Weise zurückgebunden, dass es gar nicht auffiel, wie kurz es war. Ein paar Strähnen hatten sich aus dem Zopfgummi gelöst und umspielten ihr Gesicht. Die Augen hatte sie sich pechschwarz geschminkt. Sie sah toll aus. Nachdem Arthur sie vielleicht eine Sekunde lang angestarrt hatte, winkte er ab, um ihr zu signalisieren, dass es nicht lohnte, über die Arbeit zu sprechen. »Hab den Job«, antwortete er nur.

»Du hast den Job? Na, aber das müssen wir doch feiern!« Jane klatschte in die Hände und hüpfte ein paar Mal auf der Stelle.

Arthur schälte sich steif aus der Jacke und ließ sie auf den Boden fallen. Er schlurfte zum Sofa, sank stöhnend in die Polster, legte die Füße auf den Tisch, rieb sich die Stirn und musterte Jane erneut. Er gab ein grimmiges Brummen von sich, als sie sich ihm näherte und an seinem Arm zerrte. »Komm, wir gehen aus!«

Nichts lag Arthur ferner als der Wunsch, heute noch auszugehen. Jane hielt seine Hand im Klammergriff. Sein Blick haftete kurz auf der silbernen Kette, die sie nicht um den Hals, sondern um den Oberschenkel trug. Die Kette hatte genau die richtige Länge, um nicht herunterzurutschen. Jane kam ständig auf solche eigenartigen Ideen, aber am Ende sah es immer gut aus. Durch das Gewebe der Netzstrumpfhose konnte er einen Teil des Blutergusses sehen, der sich über ihren ganzen Schenkel zog. Wieder spürte er die Wut in sich aufsteigen. Die Wut auf die Mädchen, die Jane verprügelt hatten.

»Komm!«, drängte sie erneut. Sie roch nach dem Parfüm, das er kürzlich im Drugstore für sie gestohlen hatte. Weil er nicht reagierte, drückte sie seine Finger, so fest sie konnte. Dieses kindische Fingerquetschen hatte sie schon als kleines Mädchen gern gemacht. Um ihr zu demonstrieren, dass es kein bisschen wehtat, gähnte er ausgiebig. Jane gab das Quetschen auf, legte den Kopf schief und sah ihn mit diesem flehenden Rehblick an, der es ihm jedes Mal fast unmöglich machte, ihr einen Wunsch abzuschlagen. Auf ihren Lippen lag ein zartes, siegessicheres Lächeln. Sie sah so hübsch aus. Es war nur ein flüchtiger, dummer Gedanke, aber Arthur ging durch den Kopf, dass es nicht nur seine Müdigkeit war, die ihn vom Ausgehen abhielt. Der zweite Grund war, dass er Jane heute Abend nicht mit der Welt da draußen teilen wollte.

»Ich bin echt erledigt. Mir ist mehr nach Fernsehen und Pizza«, startete er einen letzten Versuch, ihr die Idee auszureden.

»Tut deine Beule noch weh?« Jane beugte sich ihm entgegen, um seine Stirn zu betrachten. Arthur betastete die Stelle. Er fühlte etwas Schorf, aber es schmerzte nur noch, wenn er mit dem Finger darauf herumdrückte. »Nee. Bin intakt. Bloß zu müde, um noch um die Häuser zu ziehen.«

»Wir bleiben ja nicht lange.« Sie hielt seine Hand noch immer fest, als hätte sie sich in den Kopf gesetzt, ihn erst wieder loszulassen, wenn er sich von diesem Sofa hochbewegte. Mit der freien Hand holte er sein Feuerzeug hervor, steckte sich eine Zigarette an, zog daran und blies Jane den Qualm langsam ins Gesicht. Sie hielt die Luft an, blinzelte kurz und ließ sich davon nicht weiter beeindrucken. »Nur bis Mitternacht. Bitte!«

Schließlich gab er nach und erhob sich vom Sofa. Obwohl er keine zwei Minuten gesessen hatte, fühlte er sich wie ein alter Mann, der zum ersten Mal nach einer Woche in die Gänge zu kommen versuchte. Sein Rücken tat weh. Tanzen würde er heute sicher nicht. Aber wenn Jane unbedingt wollte, sollte sie ihren Spaß haben. Er würde sich an einen Tisch setzen, in Ruhe ein paar Biere kippen und abwarten, bis sie sich ausgetobt hatte.

4

»Scheint so, als wär ich ziemlich gefragt heut Abend, während du ...« Arthur grinste Jane an und formte mit Zeigefinger und Daumen das Loserzeichen.

Sie zog eine Grimasse. »Das liegt bestimmt an den Haaren!« Dann fuhr sie sich durch die Ponyfransen, zupfte daran herum und blickte Arthur traurig an, dabei hatte er sie nur aufziehen wollen. Er legte den Kopf schief, musterte sie und verwuschelte ihren Pony wieder. »Sieht spitze aus«, versicherte er ihr und zündete sich eine Zigarette an. Jane wirkte nicht überzeugt. Sie sank auf ihrem Stuhl zusammen und blickte sich mit finsterer Miene im düsteren Saal des Nachtclubs um, der sich langsam füllte. An ihrem Aussehen lag es bestimmt nicht, dass noch keiner der Kerle sie angesprochen hatte. Der Grund war schlicht und einfach *er*. Er war die ganze Zeit bei ihr und für Außenstehende sahen sie wie ein Pärchen aus. Die Frauen schreckte es wiederum weniger ab, dass er in Begleitung war. Auch nicht, dass er immer noch die verschwitzten Arbeitsklamotten trug. In diesem verqualmten Schuppen roch das sowieso keiner. Er hatte schon auf dem Weg zum Tisch ein paar eindeutige Blicke von flirtwilligen Frauen zugeworfen bekommen.

Jane wippte mit dem Kopf leicht im Rhythmus des Technobeats. Sie sah fantastisch aus und wer das nicht bemerkte, musste blind sein. In den Klamotten und mit der ganzen Schminke wirkte sie älter, als sie war, und Arthur war froh, dass sich die schmierigen Kerle bisher nicht wagten, sich ihr zu nähern. Aber spätestens auf der Tanzfläche würde sich das ändern. Vielleicht hatten ein paar Typen sogar schon ein Auge auf sie geworfen? Die meisten hier waren zweifellos nur auf das eine aus. Jane hatte natürlich nicht vor, sich von irgendwem betatschen zu lassen. Sie wollte nur tanzen und sich – warum auch immer – mal wieder mit anderen Menschen umgeben. Und wo konnte man beides besser als hier? Es war ein ziemlicher Drecksladen, aber viel Auswahl bot die Stadt nicht, und dies war der einzige Club, in den Jane jedes Mal problemlos hereinkam. Ihr Alter interessierte hier niemanden.

Sie nippte an ihrem Cocktail, der laut Karte zur Hälfte aus Wodka und zur anderen Hälfte aus Grapefruitsaft bestand. Arthur konnte sehen, dass sie versuchte, keine Miene zu verziehen. Natürlich wollte sie es sich nicht anmerken lassen, wie widerlich der Drink schmeckte. Das war so typisch für Jane. Nie konnte sie etwas Normales bestellen. Es mussten immer die Cocktails sein, die am haarsträubendsten klangen. Sie begann erneut, an ihrem Pony herumzuzupfen, dann an ihrem Kleid. Arthur liebte dieses Outfit an ihr. Es saß perfekt und sah ein wenig verrucht aus. Unter dem dünnen Stoff zeichnete sich der BH ab.

»Wie ist dein Cocktail?«

»Echt gut«, behauptete sie, führte das Glas wieder an ihre Lippen und schluckte tapfer. Nie im Leben würde sie zugeben, dass es ihr nicht schmeckte. Wie beiläufig schob sie ihm den Drink zu, damit er probieren konnte, und hoffte sicher, er würde einen großen Schluck davon trinken. Arthur nippte aber nur daran und verzog das Gesicht. »Scheiße, ist das bitter. Abartig! Kein normaler Mensch bestellt so was, Jane!« Er schob ihr das Glas wieder vor die Nase. Wenn sie sich tatsächlich dazu durchrang, den kompletten Cocktail hinunterzuwürgen, hatte sie auf jeden Fall seinen Respekt verdient. Das Gesöff hinterließ einen beißenden Schmerz in der Kehle und der Alkoholgehalt war immens.

»Du hast ja keine Ahnung!«, antwortete Jane trotzig. »Ich bin eben kein gewöhnlicher, sondern ein besonders wissbegieriger Mensch. Ich probiere Neues aus, um meinen Horizont zu erweitern.«

Arthur musste lachen. Er lehnte sich zurück und gab vor, sich für die Leute zu interessieren. »Was meinst du, welche der Ladys soll ich abschleppen?«

Jane warf ihm einen amüsierten Blick zu, als hätte er nur einen Scherz gemacht. Dabei wäre es nicht das erste Mal … Er hatte schon oft eine rumgekriegt, wenn sie hier gewesen waren. Anfangs hatte er die Frauen manchmal mit nach Hause genommen. Später nicht mehr. Es waren nur noch schnelle Nummern in einer dunklen Ecke oder auf dem Klo gewesen. Einmal hatte er Jane Schmiere stehen lassen, während er es mit einer in der versifften Seitengasse hinter den Müllcontainern getrieben hatte. Doch das lag lange zurück und damals war er betrunken gewesen. Jane ließ den Blick jetzt ebenfalls durch den Saal wandern. Vielleicht überlegte sie, welche der Frauen ihm gefallen könnte. Aber Arthur wollte sie alle nicht.

In der Nähe tanzte eine übertrieben aufgebrezelte Schwarzhaarige, die mindestens zehn Jahre älter war als er, und warf ihm Blicke zu. Um sie davon abzuhalten, an den Tisch zu kommen, wandte er sich schnell wieder Jane zu. Er hatte keine Lust, sich mit jemand anderem abzugeben. In Wahrheit hoffte er, dass Jane bald müde wurde und nach Hause wollte. Nachdem sie einen weiteren Schluck getrunken hatte, verharrte sein Blick auf ihrer nassen Unterlippe. Kurz darauf rieb sie sich mit dem Handrücken darüber und schob sich einen ihrer Himbeer-kaugummis in den Mund. Vielleicht bezweckte sie damit, den Geschmack des Cocktails erträglicher zu machen.

Es schien auf einmal heißer im Saal geworden zu sein. Arthur wischte sich die Haare aus der Stirn und nahm einen großen Schluck Bier, das ihm angenehm kühl und herb den Rachen hinunterlief. Jane faltete ein winziges, schiefes Segelflugzeug aus dem Kaugummipapier und ließ es starten. Sie hatte auf Arthurs Brust gezielt, aber der Flieger taumelte in der Luft und landete dann irgendwo auf dem Boden, wo es zu dunkel war, ihn wiederzufinden. Jane seufzte. »Ich geh mal auf's Klo.« Sie rutschte von ihrem Stuhl. Nachdem sie sich schon ein paar Schritte entfernt hatte, kam sie noch einmal zum Tisch zurück-gelaufen und beugte sich zu Arthur herüber. Einen verrückten Augenblick lang glaubte er, sie wollte ihm einen Kuss geben. Stattdessen lachte sie ihn an und fuchtelte mit dem Zeigefinger vor seinem Gesicht herum. »Wehe, du trinkst meinen

Cocktail aus!«

Noch bevor er eine schlagfertige Antwort finden konnte, war sie wieder weg. Er sah ihr nach, bis er sie im Getümmel aus den Augen verlor.

Arthur holte tief Luft. Er fühlte sich kurzatmig, als stünde er plötzlich unter einem enormen Stress. Wahrscheinlich war er einfach nur müde. Er hätte sich nicht von Jane breitschlagen lassen sollen, herzukommen, doch tief in seinem Innern spürte er, dass das nicht der Grund war. Da war ein dunkles Gefühl, das sich in ihm zusammenbraute. Eine unterschwellige Angst vor etwas nicht Greifbarem. Sie hatte mit ihm und Jane und dem weiteren Verlauf dieser Nacht zu tun. Vielleicht sollte er sich betrinken, um das Gefühl zu betäuben. Aber vielleicht sollte er sich auch auf keinen Fall betrinken.

Jane war gerade mal eine Minute fort und vor der Damentoilette stand sie sicher noch eine Weile an. Das verschaffte ihm etwas Zeit. Suchend ging sein Blick durch die Menge. Es interessierte ihn nicht, wie die Frauen aussahen. Nur, ob sie ihm signalisierten, dass sie dazu bereit waren, sich auf ihn einzulassen. Die Schwarzhaarige winkte ihm in dieser Sekunde zu, als hätte sie die ganze Zeit auf ihre Gelegenheit gewartet. Aber dann schob sich eine Blondgelockte an seinen Tisch. Sie bewegte sich aufreizend und drehte dabei eine 360-Grad-Runde, wie um sich ihm von allen Seiten zu präsentieren. Unter dem mintfarbigen Stretchkleid trug sie augenscheinlich keine Unterwäsche. Das sparte Zeit. Arthur nahm noch einen schnellen Zug von der Zigarette. Als er sich erhob, lächelte die Blondine, als hätte sie an diesem Abend den Hauptpreis gezogen. »Willst du zuerst tanzen, oder ...?« Sie leckte sich die Lippen und fuhr ihm mit den Fingerspitzen den Bauch hinab bis zu seinem Schritt. »Oder hast du es eilig, bevor deine Freundin zurückkehrt?«

Arthur machte eine Kopfbewegung, die ihr bedeuten sollte, ihm zu folgen. Und als hätte sie es ebenso eilig wie er, nahm sie seine Hand und ließ sich von ihm in den hinteren Bereich des Saals ziehen. Sie bogen in den dunklen Flur ein, der zu den Mitarbeiterbüros, zu Lagerräumen oder sonst wohin führte. Arthur öffnete seine Hose, da hatte sie ihr Kleid bereits hochgezerrt. Er rollte sich ein Kondom über und drückte die Frau gegen die Wand. In dem Moment, in dem er sie anhob, schlang sie die Beine um ihn und er stieß zu. Nach kurzer Zeit gab sie Laute von sich, die verrieten, dass ihr gefiel, was er tat. Arthur aber dachte nur daran, dass er sich beeilen musste. Seine Hektik hielt sie vermutlich für Geilheit und vielleicht stimmte das auch. Trotzdem fühlte es sich nicht gut an. Alles, was er spürte, war der enorme Druck. Er musste ihn loswerden. Restlos.

5

Jane lag neben ihm. Arthur lauschte ihren sanften, gleichmäßigen Atemzügen. Sie steckte noch immer in ihrem Kleid. Zu Hause angekommen war sie innerhalb von ein paar Minuten eingeschlafen. Vielleicht hätte er es verhindern können, aber jetzt war es zu spät.

Die kleine Nachtleuchte, die auf dem Schränkchen auf Janes Seite des Bettes stand, tauchte das Zimmer in ein gedämpftes Licht. Von dieser kindischen Lampe in Form eines gelben Halbmonds hatte sie sich nie trennen können, und manchmal leuchtete der grinsende Plastikmond die ganze Nacht, wenn Arthur zu bequem war, über Jane hinwegzugreifen, um das Licht auszuknipsen.

Er betrachtete Janes Gesicht. Ihre Lippen, die kleine spitze Nase und die leicht geschwungenen Wimpern. Die Tusche auf ihren Augenlidern war verschmiert. Morgen früh würde sie wie eine Horrorgestalt an Halloween aussehen, wie so häufig, wenn sie sich abends nicht abschminkte. Er rutschte noch etwas näher an sie heran. Trotz des Qualmgeruchs, der von ihrer beider Haut und Haaren ausging, nahm er noch immer ganz schwach den Duft des Parfüms wahr. Er schnupperte an ihrem Arm und saugte den leicht salzigen Geruch ihrer Haut auf, der ihm so vertraut war. Doch obwohl er ihr so nah war, fühlte er sich auf eine seltsame Weise allein. Weil sie schlief, während er hellwach war. Und weil es tiefe Nacht und die Stille so drückend war.

Es wäre gemein gewesen, sie zu wecken. In nicht einmal vier Stunden musste sie schon wieder aufstehen und zur Schule gehen. Außerdem hatte sie recht viel Alkohol im Blut. Beim Gedanken an diesen bescheuerten Cocktail musste Arthur lächeln. Er rollte sich auf den Rücken und versuchte, sich vorzustellen, wie es wäre, Jane doch aufzuwecken. Vermutlich wäre es sinnlos. Sie würde protestieren, sich umdrehen und gleich wieder wegdösen. Er dachte an die Frau im Club, mit der er heute Abend Sex gehabt hatte. Es war keine drei Stunden her, aber jetzt erinnerte er sich kaum noch daran, wie sie ausgesehen und wie es sich angefühlt hatte. Auf der Straße würde er sie wahrscheinlich nicht wiedererkennen, wenn er ihr begegnete. Er hatte sie ja kaum angesehen.

Janey hatte nichts mitbekommen. Als sie von der Toilette zurückgekehrt war, hatte er längst wieder am Tisch gesessen und sich für den Rest des Abends nur darauf gefreut, nach Hause zu kommen. Doch dann war sie sofort eingeschlafen ...

Arthur setzte sich auf und starrte Jane an. Ob sie gerade träumte? Und wenn ja, ob sie beide in ihrem Traum vorkamen? Er rieb sich die Augen, die vom Zigarettenqualm gereizt waren. Er sollte versuchen, an etwas anderes zu denken. Etwas, das ihn von dieser seltsamen, quälenden Sehnsucht ablenkte.

Sofort flammte das Bild der blutüberströmten Leichen seiner Eltern in seinem Kopf auf. Kein Wunder ... ihr Selbstmord war immerhin das Einschneidendste, das ihm je widerfahren war. Ihm und Janey. Vor über fünf Jahren ... Jane war neun gewesen. Manchmal erschien es Arthur unglaublich, wie es ihm gelungen war, es bis heute zu vertuschen. Sonst hätte man Janey in ein Heim gesteckt und sie wären voneinander getrennt worden. Mit dieser Angst lebte er seither jeden Tag, während er und Jane versuchten, den Schein einer kompletten Familie zu wahren. Die Gefahr, dass jemand das Verschwinden ihrer Eltern bemerkte und sie als vermisst meldete, war immer in seinem Kopf. Dass das alles bisher nicht aufgeflogen war, verdankten sie wahrscheinlich den chaotischen Zuständen, in die die Stadt zunehmend versank. Elend, Drogen, Bandenkriminalität, Raubmorde. Die Behörden hatten andere Sorgen, als sich möglichen Familiendramen zu widmen, und bloßen Verdachtsfällen gingen sie vermutlich kaum nach. Aber man konnte nie wissen ... Er war inzwischen volljährig, doch Jane war gerade erst fünfzehn geworden. Er sorgte dafür, dass sie zur Schule ging, dass sie satt wurde und dass er genug Geld für die Miete zusammenbekam. Und er hoffte jeden Tag, niemand würde Verdacht schöpfen.

Damals, in dieser Nacht, war seine Panik, Jane zu verlieren, so vorherrschend gewesen, dass sie sogar den Schrecken über den Tod der Eltern in den Hintergrund hatte treten lassen. Inzwischen waren die Erinnerungen verblasst. Die Erinnerungen daran, wie er die Leichen in der Badewanne gefunden hatte. Daran, wie lange es gedauert hatte, die Körper zu zerteilen und das viele Blut restlos verschwinden zu lassen. Und daran, wie oft er ans andere Ende der Stadt gelaufen war, um sie stückweise im Kanal zu entsorgen, wo der Fluss all den Dreck und Müll anspülte.

Er strich Jane über den Handrücken, sanft, um sie nicht zu wecken. In jener Nacht hatte er ihr verboten, das Bad zu betreten, bis er sämtliche Spuren beseitigt hatte. Natürlich hatte sie trotzdem alles mitbekommen. Aber sie war tapfer gewesen. Arthur erinnerte sich daran, wie sie ihm immer wieder dieselbe Frage gestellt hatte. *Warum?* Doch er hatte ihr den Grund nicht nennen können, den ihre Eltern gehabt haben mochten. Nichts rechtfertigte es, seine Kinder im Stich zu lassen. Auch nicht, dass ihr Dad und ihre Mom fast zeitgleich die Jobs verloren hatten. Auf ein Dasein am Existenzminimum und auf die Verantwortung, zwei hungrige Kindermäuler zu stopfen, hatten sie offenbar keine Lust gehabt. Womöglich glaubten sie gar, er und Jane wären als Waisen im Heim besser dran. Darüber grübelte Arthur oft nach, aber an diesem Punkt kam er immer wieder zu demselben Schluss. Ihre Eltern hatten vermutlich *gar keinen* Gedanken an ihre Kinder verschwendet. Hätten sie sich sonst ausgerechnet in der Badewanne umgebracht, wo er oder Jane sie zwangsläufig vorfinden mussten? Immer noch sah Arthur die leeren Schnapsflaschen vor sich, die neben der Wanne gelegen hatten. Vielleicht war seine Mom schon bewusstlos gewesen, als sein Dad sie unter Wasser gedrückt und sich dann selbst die Kehle aufgeschlitzt hatte. Es war egal. Arthur empfand Verachtung für sie beide. Doch inzwischen war er fest davon überzeugt, dass er und Jane heute ein besseres Leben führten, als es unter normalen Umständen verlaufen wäre.

Er zog Janes Decke etwas höher und nahm ihre Hand. In Wahrheit brauchten sie ihre Eltern nicht. In Wahrheit brauchten sie niemanden.

6

Ein Geräusch wie das Rascheln von Papier zog Arthur aus dem Schlaf. Die Sonnenstrahlen fielen in einem solchen Winkel ins Zimmer, dass sie genau auf den kleinen Wandspiegel trafen, wo sie sich brachen und das Licht in Arthurs Augen stach. Beim Versuch, die Zeit abzulesen, blinzelte er zur Uhr und brauchte eine Weile, bis er erkannte, dass es erst kurz vor sechs war. Er schob sich die Haare aus der Stirn und drehte sich zu Jane um. Sie saß auf ihrer Seite des Bettes über ein Schulbuch gebeugt und schrieb etwas mit dem Bleistift hinein.

»Was ist in dich gefahren?« Sein Mund war trocken, die Stimme rau.

»Ms. Jones lyncht mich, wenn ich die Hausaufgaben wieder nicht habe«, antwortete sie, ohne den Blick vom Buch zu lösen. In ihren Worten schwang ein Hauch von Panik mit. Sie war blass und sah müde aus. Die Wimperntusche war verwischt, während der blaue Einlassstempel des Nachtclubs, ein Oktopus in einer achteckigen Umrahmung, noch immer klar und deutlich auf ihrem Handrücken zu erkennen war. Schweigend lauschte Arthur dem leisen Kratzen der Bleistiftmine auf dem Papier. Sein Blick kletterte an

Janes Arm hinauf zu ihrer Schulter, von der der Träger des Kleids gerutscht war. Den Zopfgummi musste sie in der Nacht verloren haben. Jetzt, wo die Morgensonne auf ihr wirres Haar schien, leuchtete das Blau so intensiv wie der Ozean. Jane wirkte verbissen. Anscheinend war die Lage ernst. Es tat Arthur leid, dass sie diesem Stress ausgesetzt war, und kurz verspürte er sogar den Impuls, ihr das Buch wegzunehmen und ihr zu sagen, dass die Schule und diese Ms. Jones es nicht wert waren, sich um diese Zeit und völlig übernächtigt mit der Hausaufgabe abzumühen. Aber er ließ es bleiben. Stattdessen entschied er sich, aufzustehen und Jane in Ruhe arbeiten zu lassen. Er beugte sich aus dem Bett und angelte sein T-Shirt vom Boden. Die Anstrengung verursachte ihm ein schmerzhaftes Schädelpochen. Dabei hatte er gestern Nacht kaum etwas getrunken. »Ich mach Kaffee«, stöhnte er und schleppte sich in die Küche. Dort beugte er sich übers Spülbecken, drehte das Wasser auf und trank direkt aus dem Hahn. Er fand eine fast leere Kartoffelchipstüte und schüttete sich die letzten Chipskrümel in den Mund. Dann knüllte er die Verpackung zu einem Ball zusammen und warf ihn in die Spüle. In diesem Moment klackte hinter ihm das Türschloss. Wegen des Knisterns der Tüte glaubte Arthur zuerst, sich das Geräusch nur eingebildet zu haben, aber als er sich umdrehte, stand Tyson im Wohnzimmer. Arthur sah gerade noch, wie er sein dickes Schlüsselbund zurück in die Brusttasche seines abgetragenen Jeanshemds schob. Innerlich stieß er einen Fluch auf Tyson aus. Früher war er nur von Zeit zu Zeit in unregelmäßigen Abständen vorbeigekommen, aber seit ein paar Monaten tauchte er immer öfter auf und spazierte hier herein, als ob ihm die Wohnung gehörte.

»Hey, Kleiner!«

»Hey«, antwortete Arthur weniger enthusiastisch. Vor einigen Jahren war es noch okay gewesen, dass Tyson kam, um nach dem Rechten zu sehen. Inzwischen empfand Arthur ihn als eine Plage.

»Schon auf den Beinen? Und ich dachte, ich muss euch zwei Langschläfer wieder aus den Federn werfen.«

Arthur nickte nur, woraufhin Tyson zielstrebig Richtung Schlafzimmertür ging. »Mich trifft der Schlag, Jane! Wach! Und mit der Nase im Schulbuch! Ihr zwei gottverdammten Streber, ich kotz gleich!«

Arthur hörte Jane kichern. Aus irgendeinem Grund konnte sie jedes Mal über Tysons stumpfsinnige Kommentare lachen. Er stand noch immer in der Tür zum Schlafzimmer und glotzte hinein. Zu lange für Arthurs Geschmack. Erst, als er ein Bier aus dem Kühlschrank holte und es öffnete, drehte Tyson sich wieder zu ihm und kam, um die Dose zu nehmen.

»Die Kleine sieht scheißblass um die Nase aus. Bekommt sie genug Schlaf?«

»Ja.«

»Und Gemüse? Und Milch und solche Sachen?«

»Sie bekommt alles, was nötig ist.« Arthur versuchte, nicht so genervt zu klingen.

»Rührend«, antwortete Tyson mit diesem typischen Grinsen. Genau dieses Grinsen löste in Arthur schon lange ein ungutes Gefühl aus. Tyson war nicht der freundliche, besorgte Onkel, den er gern spielte. Hinter seiner Fassade lauerte etwas Dunkles, Bedrohliches. Arthur und Jane hatten ihm zugegebenermaßen viel zu verdanken. Er war ein Freund ihres Vaters gewesen. Immerhin ein solch enger Freund, dass er in grauer Vorzeit den Ersatzschlüssel zur Wohnung bekommen hatte. Leider. Auch wenn Tyson es nie offen ausgesprochen hatte, ahnte er wohl, dass ihre Eltern nicht zurückkommen würden. Wahrscheinlich war ihm schon recht früh klar gewesen, dass die beiden nicht nur vorübergehend untergetaucht, sondern für immer von der Bildfläche verschwunden waren. Ohne Tysons Unterstützung hätte Arthur es damals vermutlich nicht geschafft. Einmal hatte Tyson sich sogar als ihr Vater ausgegeben und war in die Highschool marschiert, um Jane dort anzumelden. Aber er tat nichts aus reiner Nächstenliebe. Er war berechnend und gefährlich. Er war definitiv in irgendwelche dreckigen Geschäfte verstrickt, auch wenn Arthur nicht wusste, was für Geschäfte das waren.

Tyson trank einen großen Schluck Bier. Dann seufzte er, als wäre er kurz vor dem Verdursten gewesen. »Du solltest die Kleine nicht zwingen, die Schule zu beenden. Ist doch nur Zeitverschwendung.«

»Genau!«, rief Jane von nebenan.

Arthur schob die Hände in die Taschen seiner Boxershorts und ballte sie zu Fäusten. »Halt die Klappe, Jane!«, brüllte er. »Und mach die scheiß Hausaufgabe!«

Tyson lachte. Er leerte die Dose, knüllte sie zusammen und stieß einen lauten Rülpser aus. Dann sah er sich um und trat mit der Schuhspitze gegen den grauen Plastikeimer, der vor ihm stand und randvoll mit kleinen und großen Steinen war.

»Was zur Hölle ist das?«

»Janes Steinsammlung«, antwortete Arthur.

Tyson tippte sich an die Stirn. »So ein Quatsch. Schaff den Dreck lieber nach draußen, bevor ihr die Krätze bekommt!«

Arthur zuckte mit den Schultern und betrachtete den Eimer. Hauptsächlich befanden sich Kieselsteine darin. Bunte Steine, runde Steine, kantige Steine und Steine, die die Form von Herzen, Fischen oder anderen Gebilden hatten. Jedenfalls war Jane dieser Meinung.

»Hier sieht's jedes Mal schlimmer aus. Der reinste Saustall.« Tyson spazierte durchs Wohnzimmer, blieb vor dem Bücherregal stehen, pustete auf den obersten Regalboden und wirbelte eine Staubwolke auf. Über der Stuhllehne hing ein Unterhemd von Jane. Er nahm es in die Hand, fingerte an den dünnen Trägern herum und grinste schäbig. Fast rechnete Arthur damit, dass er das Wäschestück gleich noch beschnuppern würde. Stattdessen hängte er es behutsam, beinahe zärtlich, zurück über die Stuhllehne. Wieder kroch dieses Gefühl in Arthur hoch. Die Ahnung, dass Tyson eine Bedrohung war. Seine Besuche verfolgten einen Zweck. Sicher sollten sie Arthur regelmäßig daran erinnern, dass Jane und er ihm ausgeliefert waren. Dass er ihnen jederzeit das Jugendamt auf den Hals hetzen konnte. Tyson demonstrierte seine Macht, jedes Mal, wenn er hier aufkreuzte und alles anfasste.

Beim Blick auf das halbfertige Puzzle, das sich über einen großen Teil des Teppichs verteilte, runzelte Tyson die Stirn. »Liegt das nicht schon seit Wochen da rum?«

Arthur wollte ihm sagen, dass er sich zur Hölle scheren sollte, aber er unterdrückte es und erklärte stattdessen: »Wir sind nicht auf Überraschungsbesuch eingestellt gewesen.«

»Ich könnte mich ja vorher ankündigen, wenn ihr ein Handy hättet und nicht wie Amish People Freaks leben würdet.«

»Ich besorg mir bald eins«, log Arthur. In irgendeiner Schublade steckte noch das alte Prepaid-Mobiltelefon seines Vaters, aber für ihn und Jane war es nutzlos.

Ihm ging durch den Kopf, dass Tysons Besuche, so nervend sie auch waren, in den meisten Fällen nur ein paar Minuten dauerten. Doch jetzt fehlte ihm die Geduld, auf den Moment zu warten, dass er von selbst wieder ging. »Ich wollte eigentlich grad los, Zigaretten holen«, sagte er in der Hoffnung, dass Tyson den Wink mit dem Zaunpfahl verstand.

»Ohne Hose?« Er grinste.

Arthur zog die Hose unter dem Sofakissen hervor und stieg hinein.

»Gut«, seufzte Tyson. »Dann gehen wir ein Stück zusammen. Will sowieso mal mit dir reden. Muss Janey nicht mitkriegen.«

»Worum geht's?«

»Nichts Weltbewegendes, Junge.« Tyson lachte, weil ihn Arthurs alarmierter Blick zu amüsieren schien. »Wirklich nichts Weltbewegendes. Ich will dir nur ein Angebot machen. Eins, das du nicht ablehnen kannst.«

*

Arthurs Verstand war wie benebelt, seit Tyson ihm dieses Angebot, wie er es ständig nannte, unterbreitet hatte. Zuerst war er sicher gewesen, dass Tyson scherzte. Aber er hatte ihn so durchdringend angesehen und auf ihn eingeredet. *Es ist eine ganz leichte Nummer, keine große Herausforderung.* Und dann war Tyson einfach abgehauen und hatte ihn zurückgelassen in diesem Nebel. Es musste ein Scherz sein. Aber Tyson spielte normalerweise keine Spielchen. Er drehte krumme Geschäfte und war gewaltbereit. Arthur beschleunigte seine Schritte. Sein Magen fühlte sich seltsam an. Er hatte das Gefühl, dass das Blut in seinem Körper plötzlich schneller und heißer durch die Venen und Adern floss. Es war lächerlich. Tyson konnte es nicht ernst gemeint haben! Er rannte jetzt. Doch dann wurde ihm schwarz vor Augen. Er stoppte und erbrach sich so abrupt, dass er nicht mal die Chance hatte, an den Rand des Bürgersteigs zu taumeln. Im ersten Moment verspürte er Erleichterung. Er konnte wieder atmen und die Übelkeit war nicht mehr so heftig. Aber dann sah er das Erbrochene auf seinem Shirt und der Hose. Sogar die Schuhe hatten etwas abgekommen. Hektisch wischte er über den Fleck auf seinem Shirt, wobei er das Zeug nur verrieb, sodass es durch den Stoff drang und er es warm und feucht auf der Brust spürte. Es war widerlich. Er drehte sich nicht um, um zu sehen, ob ihn irgendwer beobachtet hatte, und hastete nach Hause.

7

Den Rest der Hausaufgaben erledigte Jane nur noch halbherzig, und ein paar Fragen, die ihr zu kompliziert erschienen, übersprang sie und versuchte erst gar nicht, sie zu lösen. Sie war so müde, dass ihre Augen brannten und je länger sie sich auf die Buchstaben und Zahlen konzentrierte, desto unangenehmer wurde es.

Vor ungefähr zwanzig Minuten war Arthur plötzlich mit Tyson weggegangen und noch nicht wieder zurückgekehrt. Jane hatte zunächst angenommen, er wollte Tyson nur nach unten begleiten und bei der Gelegenheit kurz beim Kiosk Zigaretten holen. Aber anscheinend war er direkt zur Arbeit gegangen.

Jane beschloss, sich noch ein paar Minuten auszuruhen, bevor sie aufstehen musste. Sie schubste das Buch vom Bett, sank zurück ins Kissen und legte den Arm über ihre Augen, um sie vor dem Licht abzuschirmen. Mit der freien Hand tastete sie blind nach der Bettdecke, konnte sie jedoch nicht finden. Aber sie war zu müde, um nachzusehen, und es war auch ohne Decke warm genug. Es tat gut, die Augen zu schließen. Sie musste nur aufpassen, nicht einzuschlafen.

Als sie hochschreckte, war es bereits so spät, dass sie es kaum noch rechtzeitig zur ersten Unterrichtsstunde schaffen konnte. Die Alternative, heute zu schwänzen, war verlockend, aber in der letzten Zeit hatte sie schon zu oft blau gemacht. Missmutig rollte sie sich aus dem Bett. Das schmerzhafte Pochen hinter ihren Schläfen erinnerte sie an den bitteren Cocktail von gestern Nacht. Nächstes Mal würde sie etwas anderes bestellen. Etwas mit weniger Alkohol. Und ganz sicher etwas ohne Grapefruit! Noch fühlten sich die Kopfschmerzen erträglich an, aber im Lauf des Vormittags würden sie bestimmt stärker werden. Das war immer so, wenn sie einen Kater hatte.

Weil sie vor Arthurs Aufbruch keine Gelegenheit mehr gehabt hatte, ihn nach seinen Dienstzeiten zu fragen, wusste sie nicht, wann er heute von der Arbeit kommen würde. Hoffentlich musste er nicht wieder ständig Nachtschichten machen wie bei den letzten Jobs. Es war schlimm, wenn er nachts nicht da war.

Kraftlos schlurfte Jane ins Bad, zog sich aus, setzte sich in die Wanne und wusch sich die verschmierten Schminkreste aus dem Gesicht. Dann ließ sie sich das Wasser über den Körper laufen und drehte die Temperatur so weit herunter, wie sie es aushielt, in der Hoffnung, dass die Kälte sie munter machte und den Kater austrieb. Für den Moment fühlte sie sich tatsächlich besser. Und nachdem sie in ihr graues ärmelloses Lieblingsshirt geschlüpft war, das eigentlich Arthur gehörte, und nachdem sie sich die leuchtend blauen Haare zu einem fransigen Zopf zusammengebunden hatte, war sie schon etwas zuversichtlicher, dass dieser Tag erträglich wurde. Ms. Jones stand hoffentlich nicht der Sinn danach, sie zu lynchen. Vielleicht erkannte sie sogar an, dass Jane es mit den Hausaufgaben wenigstens versucht hatte. Gerade, als sie in die Jeans schlüpfen wollte, verharrte sie und sah in den Spiegel. Der blaue Fleck über ihrem Knie war etwas blasser geworden, aber wenn sie sich herumdrehte, konnte sie noch immer deutlich die Hämatome auf ihren Oberschenkeln sehen. Auch ihr Hintern war noch grün und blau. Ihr fielen Lindsay und die Mädchen wieder ein und das, was sie mit ihr gemacht hatten. Janes Blick huschte zu ihrem Nachtschränkchen, in dessen Schublade der abgeschnittene Zopf lag. Sie zog sich die Hose an, setzte sich aufs Bett, nahm das Haarbüschel aus dem Fach und betrachtete es missmutig. Mit jeder Sekunde, die sie es ansah, schienen der Mut und die Kraft aus ihr zu weichen. Sie spürte den Kloß in ihrem Hals und den leichten Druck, der von ihren Tränendrüsen herrührte. Sie ärgerte sich über sich selbst, weil sie wegen dieser Sache so weinerlich war. Wie ein kleines Kind. Entschlossen lief sie in die Küche und warf den Zopf in den Mülleimer. Sofort danach wandte sie sich ab, weil sie wusste, dass die Tränen sich nicht zurückhalten lassen würden, wenn sie auch nur einen kurzen Moment über diese Entscheidung nachdachte. Sie sammelte die Bücher und Hefte zusammen, von denen sie annahm, sie heute zu brauchen, und zwängte sie in den Rucksack. Dann öffnete sie den Kühlschrank und suchte den Inhalt nach etwas Essbarem zum Mitnehmen ab. Sie hatte auf einen Apfel oder auf ein paar Cracker gehofft, aber abgesehen von einigen Dosen Bier und dem halben Stück Butter war da nur noch das Marmeladenglas, in dem sich bestimmt schon Schimmel gebildet hatte. Sie spürte einen Anflug von Übelkeit und schlug die Kühlschranktür wieder zu.

In dem Moment kam Arthur zurück. Ohne Jane anzusehen, schüttelte er die Schuhe von sich und riss sich das Shirt vom Leib. Dann zerrte er an seinem Hosenreißverschluss, und noch während er die Jeans von sich streifte, taumelte er

Richtung Bad.

»Was ist los?«, rief Jane ihm nach. In der nächsten Sekunde nahm sie die widerliche Geruchswolke wahr, die wohl von seiner Kleidung ausging. Jane überkam eine weitere Übelkeitswelle. Sie presste sich den Unterarm vor den Mund, öffnete schnell das Fenster und nahm ein paar tiefe Atemzüge, bevor sie Arthur ins Bad folgte. Sie sah ihn fragend an.

»Ich hasse diese beschissene Stadt! Ein Penner kam auf mich zu. Ich dachte, er will mich anbetteln, aber bevor ich wusste, wie mir geschah, hat er mich vollgekotzt«, erklärte Arthur mit verbissener Miene. Er sah Jane noch immer nicht ins Gesicht. Sie fand, dass er seltsam bleich war. Als wäre er krank. Aber das war in Anbetracht dessen, was ihm gerade widerfahren war, nur verständlich.

»Bäh! Wie furchtbar!« Kurz sah Jane die Szene vor sich und ihr zog sich der Magen zusammen. Schnell verdrängte sie die Vorstellung aus ihrem Kopf und lief zurück ins Wohnzimmer. Mit angehaltenem Atem nahm sie Arthurs Schuhe und verfrachtete sie nach draußen auf den Absatz der Feuerleiter neben den Kochtopf mit dem verkohlten Milchreis, der seit über einer Woche dort stand. Seit ihrem missglückten Versuch zu kochen. Dann hob sie Arthurs Hose auf, wobei sie nur zwei Finger benutzte, ging ins Bad und legte sie ins Waschbecken. Arthur stand bereits in der Badewanne und rieb sich mit einer extra Ladung Duschgel ein.

»Was ist mit dem Mann?«, fragte Jane.

Arthur antwortete nicht.

»Der Mann, der sich übergeben hat ... Was ist denn mit dem?«, hakte sie noch einmal nach.

Jetzt blickte Arthur sie verständnislos an. »Mensch, Jane! Das war ein Penner, der zuviel gesoffen hat. Wahrscheinlich hängt er in dieser Minute bereits wieder an der nächsten Flasche. Er ist wohlauf, okay?«

»Okay«, gab Jane kleinlaut zurück und kam sich mies vor, weil Arthur nun denken musste, sie sorgte sich nur um den Fremden, während *er* ihr überhaupt nicht leidtat. Aber das tat er.

Weil sie nicht wusste, was sie sagen konnte, um ihn aufzumuntern, holte sie ihr Parfümfläschchen und versprühte den Duft großzügig im Wohnzimmer, in der Hoffnung, den Gestank nach Erbrochenem übertünchen zu können. Ein Blick auf die Uhr verriet ihr, dass sie definitiv zu spät kommen würde, aber wenn sie Glück hatte, fing der Unterricht ohnehin nicht pünktlich an. Erste Stunde mit Mr. Palmer. Der kam selbst regelmäßig zu spät und war verglichen mit der tyrannischen Ms. Jones immer sehr nachsichtig. Sie lief noch einmal ins Schlafzimmer und schaute in den Spiegel. Sie blickte ihrem Spiegelbild entgegen, fühlte sich hässlich und mutlos und versuchte, die innere Stimme zu ignorieren, die ihr zuraunte, dass es viel einfacher wäre, zu Hause zu bleiben.

»Ich geh jetzt los!«, rief sie laut genug, dass Arthur es unter der Dusche hören konnte. Aber er gab keine Antwort.

*

Noch auf den ersten zweihundert Metern hatte Jane auch der letzte Rest ihrer Willenskraft verlassen. Sie würde *nicht* zur Schule gehen. Mit der Müdigkeit und den Kopfschmerzen wäre sie schon klargekommen, aber der Gedanke, sich in dieser Verfassung Natalie, Lindsay, Adriana und den anderen auszusetzen ... Sie war heute einfach nicht stark genug dafür. Außerdem konnte sie auch morgen noch damit beginnen, eine ordentliche Schülerin zu werden, die nicht dauernd den Unterricht schwänzte und die Hausaufgaben vergaß.

Mit dem schweren Rucksack auf dem Rücken und aufgrund der Wärme, die schon zu dieser frühen Tageszeit herrschte, wurde ihr das Laufen bald mühsam. Außerdem sorgte die Anstrengung dafür, dass die Kopfschmerzen sich verstärkten. Trotzdem wollte sie nicht direkt wieder nach Hause gehen, solange Arthur noch dort war. Zwar hätte er bestimmt Verständnis für ihre Lage gehabt und es zähneknirschend hingenommen, dass sie schwänzte, aber dann würde er in nächster Zeit vielleicht nicht mehr mit ihr ausgehen. Um etwas Zeit totzuschlagen und um sich abzukühlen, betrat sie den großen Supermarkt an der Ecke zur Harolds Street. Jane war noch nicht oft in dem Geschäft gewesen, aber die wenigen Male hatte sie stets das Gefühl gehabt, in einer anderen Welt zu sein. So auch jetzt. Sie hatte die heiße, dreckige Stadt verlassen und diese kühle, sterile Sphäre betreten. Hier waren die Böden glatt und blitzsauber und es roch nach Reinigungsmitteln. Das Rauschen der Klimaanlagen und Kühlregale drang an ihr Ohr. Eine Weile schlenderte sie ziellos durch die Gänge und betrachtete die grotesk große Auswahl unterschiedlicher Frühstücksflocken, Marmeladensorten und Schokoriegel. Das meiste Zeug war so teuer, dass es sich bestimmt niemand leisten konnte. Arthur behauptete jedenfalls immer, die Leute kämen überhaupt nur in diesen

Laden, weil es der kühlste Ort in der Stadt war. Und um sich Kippen und billigen Fusel zu kaufen. Er fand, dass der ganze Luxuskram in den Regalen eine Provokation war, der einem die eigene Armut bewusst machte. Arthur hasste diesen Supermarkt. Jane konnte sich trotzdem nicht sattsehen. Sie stellte sich vor, dass plötzlich eine Fee auftauchte und ihr erlaubte, sich drei Dinge aus dem Süßigkeitenregal auszusuchen. Minutenlang dachte sie darüber nach, wofür sie sich entscheiden würde, wenn diese Fee tatsächlich käme.

Es dauerte nicht lang, bis sie fröstelte. Außerdem fühlte sie sich bald von dem Ladendetektiv beobachtet, der ihr Verhalten anscheinend als verdächtig einstufte. Der Mann ging nicht gerade diskret vor, denn er war Jane die ganze Zeit wie ein Schatten dicht auf den Fersen. Dabei war sie in diesem Augenblick womöglich die einzige Person im gesamten Supermarkt, die es *nicht* darauf anlegte, irgendetwas zu stehlen. Aber der Kerl hielt sie offenbar für die dümmste Ladendiebin der Welt und hoffte wohl, sie gleich auf frischer Tat zu ertappen. Um ihn zu ärgern, schlenderte Jane weiter durch die Reihen, blieb vor dem Regal mit den Haushaltswaren stehen und starrte besonders lange auf die Auswahl an Bratpfannen und Kochtöpfen. Weil ihn auch das nicht dazu veranlasste, weiter seine Runden zu drehen, wandte sie sich zu ihm um. »Bekommt man einen Mengenrabatt, wenn man mehrere davon kauft?« Sie deutete auf irgendeine Pfanne und sah den Mann erwartungsvoll an. Er schien wütend zu sein. Einen Moment lang blieb er stumm, als bräuchte er ein paar Sekunden, um den Ärger hinunterzuschlucken. Vermutlich empfand er einen grundsätzlichen Hass auf Kids, die in sein Revier eindrangen, um zu klauen. »Ich bin nicht in der Position, das zu entscheiden. Dazu musst du dich an einen Ladenmitarbeiter wenden.«

Jane spürte, dass es ihn anstrengte, ruhig zu bleiben. Vielleicht kämpfte er gegen den inneren Drang, sie bei den Haaren zu packen und aus dem Laden zu schleifen. Sie nickte dem Ladendetektiv stumm zu und machte sich auf den Weg zum Ausgang. Dieser Supermarkt war doch kein geeigneter Ort, um sich die Zeit zu vertreiben.

An der Kasse entdeckte sie Arthurs neuen Arbeitskollegen. Nicolas. Sie blieb stehen und beobachtete ihn aus einiger Entfernung. Sein Einkauf bestand nur aus einem Haufen Konservendosen. Er bezahlte und stopfte die Sachen in drei Stoffbeutel, die er sich alle über die

Schultern warf, und verließ den Laden.

Jane folgte ihm. Nach dem klimatisierten Supermarkt fühlte sich die Hitze nun noch drückender an, als würde sich eine heiße Decke kiloschwer um sie legen. Die Temperatur musste während der letzten halben Stunde um ein paar weitere Grad gestiegen sein.

Eine Weile lief Jane hinter Nicolas her, bis sie ihn irgendwann überholte und sich ihm in den Weg stellte. Er stoppte und blickte sie überrascht an. Jane glaubte im ersten Moment, er würde sie nicht erkennen. Immerhin hatte sie neulich diese peinliche Plastiktüte auf dem Kopf getragen.

»Jane?«

Erfreut, dass er sich doch erinnerte und sogar noch ihren Namen wusste, lächelte sie ihn an. Er trug eine Cordhose und ein hellbraunes langärmliges Flanellhemd, das für einen warmen Sommertag viel zu dick zu sein schien. Hatte er heute Morgen vor dem Anziehen nicht aus dem Fenster gesehen?

»Was machst du hier?«, wollte er wissen.

»Dir beim Schleppen helfen!«

Nicolas war vielleicht zu überrascht, um zu reagieren. Jedenfalls ließ er es zu, dass Jane ihm einen der Beutel abnahm und ihn sich über die Schultern warf. Er war schwer. Bestimmt war

Nicolas froh, einen Teil der Last loszusein.

»Ist deine Schule noch geschlossen? Wegen der giftigen Dämpfe?«

Jane fiel ihre Lüge mit dem Kammerjäger wieder ein und nickte. »Wohin müssen wir?«, fragte sie, um vom Thema abzulenken. Mit dem Kopf deutete Nicolas geradeaus. Jane setzte sich in Bewegung und nach wenigen Schritten hatte er zu ihr aufgeschlossen.

8

»Übrigens, das Blau ...«, sagte Nicolas, während er und Jane nebeneinander hergingen. »Also, deine blaue Haarfarbe ... Sieht gut aus.« Er lächelte unsicher und schaute Jane nur für eine halbe Sekunde an, bevor er den Blick wieder auf den Bürgersteig heftete.

»Dankeschön.« Jane musterte ihn von der Seite. Sie war nicht sicher, ob er das Kompliment ernst meinte oder womöglich nur höflich sein wollte, obwohl er grellblaue Haare insgeheim albern und hässlich fand. Leider konnte sie seine Gedanken nicht lesen. Ob er sie für nervig hielt? Ob er fand, dass sie ihm wie ein streunender, lästiger Hund nachlief? Falls ja, war er zu nett, ihr das zu sagen.

Wie sich herausstellte, wohnte Nicolas nicht gerade um die Ecke, und nachdem sie eine Weile gegangen waren, drückten sich die Beutelriemen schmerzvoll in Janes Schulter. Aber sie ließ sich nicht anmerken, dass ihr die Last langsam zu schaffen machte, und je länger sie unterwegs waren, desto zuversichtlicher wurde sie, dass Nicolas *nicht* von ihr genervt war. Bestimmt war er froh über ihre Hilfe. Von Zeit zu Zeit warf er ihr ein zurückhaltendes Lächeln zu. Er wirkte unsicher. Vielleicht fürchtete er, sie nicht mehr loszuwerden? Bei dem Gedanken musste Jane kichern, was ihn noch mehr zu verunsichern schien. Schnell wurde sie wieder ernst. Wahrscheinlich hielt er sie und Arthur sowieso schon für Verrückte, die in einer verwahrlosten Wohnung hausten. Deshalb wollte sie lieber versuchen, sich in seiner Gegenwart wie ein normaler Mensch zu verhalten.

»Wir sind da.« Er stoppte vor einem Gebäude, das sich in keiner Weise von den anderen umstehenden unterschied. Es war ebenso grau, ebenso hoch und ebenso heruntergekommen wie alles hier. Irgendwie beruhigte es Jane, dass er nicht in einer besseren Gegend wohnte als sie.

»Ich helf dir noch, die Sachen raufzubringen.« Sie lief voran, stieg die wenigen Stufen hoch und hielt Nicolas die Haustür auf. Er zögerte kurz, folgte ihr dann aber doch. Im Hausflur war es düster. Die Farbe bröckelte von den Wänden und im Fußboden klafften Löcher, als hätte jemand sehr hartnäckig mit einem Beil darauf eingeschlagen. Einzig die himmelblauen Briefkästen neben der Tür schienen brandneu zu sein und passten so gar nicht hierher. Jane und Nicolas wichen den Bodenlöchern aus, ließen den Eingangsbereich hinter sich und hielten vor dem

Fahrstuhl. Dass es einen Aufzug gab, hatte Jane nicht geahnt. Sie kam sich etwas dumm vor, denn eigentlich hätte Nicolas ihre Hilfe ab hier nun wirklich nicht mehr gebraucht. Der Lift setzte sich mit einem beängstigenden Rütteln in Bewegung. Jane erschrak, aber Nicolas schien sich keine Sorgen zu machen. Im vierten Stock kam der Fahrstuhl krachend zum Stehen. Auf dem Flur war es dunkel und noch wärmer als unten im Erdgeschoss. Nicolas führte Jane zu einer Tür, auf der ein Namensschild aus Salzteig in Form einer Wolke klebte. »Enid Baker«, las Jane laut vor.

»Ja, der Name meiner Großmutter«, erklärte Nicolas. Sie nickte und folgte ihm in die Wohnung. Jane hatte plötzlich ein seltsames Gefühl. Dies war einer dieser seltenen Gänsehautmomente, die man nur in Situationen verspürte, die irgendwie besonders waren. Zum ersten Mal seit früher Kindheit – damals war sie noch auf Geburtstagsfeiern anderer Kids eingeladen worden – betrat sie eine fremde Wohnung und bekam einen Einblick, wie diese Menschen lebten. Echte Menschen. Nicht die aus dem Fernsehen.

Die Luft war stickig und Jane stieg ein schwacher Geruch von Urin in die Nase. Die

Enge des Flurs wurde durch die Möbel verstärkt, die darin standen. Eine Kommode, ein Regal, auf dem sich unzählige Kakteen drängten, ein Schuhschrank, ein Stuhl mit buntkariertem Polster. Aufgrund der zusammengewürfelten Möbelstücke wirkte der Flur im ersten Moment unordentlich, aber auf den zweiten Blick schien alles seinen Platz zu haben. Jane schloss die Wohnungstür hinter sich und folgte Nicolas in die Küche.

»Stell die Tüte einfach auf den Tisch.«

Es tat gut, das Gewicht loszusein. Janes Schulter brannte, aber sie ließ sich noch immer nichts anmerken. An Nicolas' Schläfen glitzerten Schweißperlen. Er lockerte die Muskeln und wischte sich mit dem Unterarm über die Stirn. Janes Blick wanderte durch den Raum. Die Küche war klein und gemütlich. Vor dem Fenster hingen eine weiße Spitzengardine und rechts und links orangefarbige Vorhänge. Alles sah sauber aus. Im Spülbecken stand kein einziges Stück schmutziges Geschirr herum. Sogar der Küchentisch, auf dem eine blaugrünkarierte Stofftischdecke lag, war aufgeräumt. Jane drehte sich um und entdeckte einen Wandkalender neben der Tür. Das Motiv für den Mai war eine mit Beeren und Bananen gefüllte Obstschale. Einige der

Beeren waren danebengefallen. Das Bild gefiel Jane. Vielleicht war es nichts Besonderes, einen Kalender in der Küche aufzuhängen und Tischdecken zu benutzen. Menschen taten das, weil es praktisch und gleichzeitig hübsch war. Seltsamerweise hatten Arthur und sie nie einen Wandkalender oder eine Tischdecke gehabt. Interessiert sah sie sich weiter im Raum um, wollte jedes Detail in sich aufsaugen. Vielleicht war diese kleine Küche der Inbegriff der Normalität und genau das faszinierte Jane.

»Nicolas? Bist du das, mein Lieber?«, hörte Jane eine leise Frauenstimme, die von nebenan zu kommen schien.

»Ja, Oma. Ich bin vom Einkaufen zurück.«

Dann zuckte Nicolas entschuldigend mit den Schultern und schenkte Jane ein Lächeln, das ihr auf seine freundliche und zurückhaltende Art zu verstehen gab, dass es für sie Zeit wurde, aufzubrechen.

Nicolas ging wieder voran, und während Jane dicht hinter ihm herlief, entdeckte sie ein Loch in seiner Hose, wenige Zentimeter unterhalb des Hinterns. Durch den Riss konnte sie seine blasse Haut hindurchblitzen sehen. Gerade, als sie ihn auf das Loch aufmerksam machen wollte, rief die Großmutter erneut nach ihm. »Nicolas, bist du es?«

Er blieb vor dem Zimmer stehen, aus dem das Rufen kam, schob den Perlenvorhang beiseite und trat hinein. Neugierig blickte Jane in den Raum.

»Ja, Oma. Ich bin da.« Er beugte sich sanft über die alte Frau, die im Bett lag, und küsste ihr die Stirn. Jane betrachtete das kleine faltige Gesicht der Großmutter. Ihr fleckiger Schädel war kaum noch von Haaren bedeckt. Sie sah ein wenig gruselig aus, aber als sie Nicolas anlächelte, fand Jane sie auf eine seltsame Weise schön. Noch nie hatte sie solch eine alte Greisin gesehen! Sie war womöglich über hundert und vielleicht konnte sie nichts anderes mehr tun, als dort in diesem Bett zu liegen. Das musste einsam und schrecklich langweilig sein. Aber offensichtlich machte es sie sehr glücklich, ihren Enkel um sich zu haben.

»Du hast ja eine Freundin mitgebracht«, sagte sie freundlich, als sie Jane erblickte. Unsicher, ob sie lieber in der Tür stehen bleiben oder ins Zimmer treten sollte, zögerte Jane. Dann machte sie ein paar Schritte auf das Bett zu und deutete ein Winken an. »Hi, ich heiße Jane.«

Die Großmutter lächelte. Eine Träne löste sich dabei aus ihrem Augenwinkel. Dann tätschelte sie Nicolas die Wange.

»Bist du hungrig, Oma? Ich mach dir jetzt dein Frühstück.«

*

Nachdem sich Jane von Nicolas und dessen Großmutter verabschiedet hatte, gingen die beiden ihr nicht mehr aus dem Kopf. Irgendwie hatten sie Jane berührt. Sie schienen in ihrem Leben nur einander zu haben. Nicolas sorgte für seine Oma und würde sie nie im Stich lassen. Genauso, wie sich Arthur um *sie* kümmerte. Jane fragte sich, wie lange die alte Frau wohl noch lebte und ob sich Nicolas vor ihrem Tod fürchtete. Ganz bestimmt tat er das! Jane war schon allein der Gedanke, dass Arthur eines Tages sterben könnte, unerträglich. Wenn das passierte, würde der Schmerz sie ebenfalls um- bringen! Die Vorstellung von Arthurs Tod war beängstigend und gab ihr plötzlich das Gefühl, dass sich etwas Schweres auf ihre Brust legte und ihr das Atmen erschwerte. Vielleicht war Nicolas so ernst und sensibel, weil ihn stets die Angst vor dem Tod begleitete? Selbst dann, wenn es ihm gerade nicht bewusst war.

Es war noch nicht einmal mittags und Jane wusste nicht, wohin sie jetzt gehen sollte. Sie hatte keine Lust, ziellos durch die Stadt zu laufen, also blieb sie einfach auf den Stufen vor Nicolas' Wohnhaus sitzen, beobachtete die vorbeiziehenden Menschen und wartete darauf, dass die Zeit verging. Für die meisten Passanten schien sie unsichtbar zu sein. Und einige Leute, die ins Haus hineingingen oder herauskamen und dabei an ihr vorbei mussten, blickten sie an, als wäre das bloße Auf-der-Treppe-Sitzen eine Straftat. Bestimmt fanden sie, Jane gehörte in die Schule, statt auf der Straße herumzulungern. Aber das ging sie schließlich nichts an.

9

»Jane? Du bist ja immer noch hier.«

Sie sah auf und blickte in Nicolas' verdutztes Gesicht. Er trug nach wie vor das langärmlige Hemd und die Cordhose von vorhin. In beiden Händen hielt er vollgestopfte Müllsäcke.

»Hier auf der Treppe ist es schön schattig. Da dachte ich mir, es ist ein guter Platz zum Hausaufgabenmachen. Bin gerade eben fertig geworden«, log sie und klopfte auf den Rucksack.

»Ah, verstehe.«

»Und was tust *du*?« Im nächsten Moment bereute Jane die dumme Frage. Es war ja offensichtlich, was er vorhatte.

»Ach, das ist mein Vormittagsritual. Müll rausbringen, eine Zigarette rauchen, eine Runde um den Block gehen.«

»Okay!« Jane sprang auf. Sie war froh, dass Nicolas ihrer Langeweile ein Ende setzte. Wäre er nicht aufgetaucht, hätte sie womöglich in den nächsten Minuten tatsächlich das Schulbuch herausgeholt, um darin zu lesen.

Nachdem Nicolas die Säcke neben den übervollen Mülltonnen entsorgt hatte, steckte er sich eine Zigarette an. Jane war enttäuscht, dass er ihr keine anbot, obwohl sie vermutlich abgelehnt hätte.

»Hast du deine Oma versorgt?«, fragte sie, um eine Unterhaltung in Gang zu bringen, während Nicolas neben ihr herging. Es fühlte sich toll an, mit jemandem wie selbstverständlich die Straße entlangzuschlendern.

»Ja, alles erledigt. Sie hatte einen Bärenhunger heute. Jetzt schläft sie.«

»Ist sie über hundert Jahre alt?«

Er lachte und stieß dabei Zigarettenqualm aus. Anscheinend war das schon wieder eine dumme Frage gewesen.

»Sie ist neunundachtzig. Aber in den letzten Monaten, seit sie nicht mehr in der Lage ist, das Bett zu verlassen, hat sie abgebaut. Auch geistig. Sie kann sich nicht mehr viel merken. Manchmal vergisst sie sogar meinen Namen.«

»Das tut mir leid.«

»Muss es nicht. Ich glaube, es geht ihr gut. Viel schlimmer wäre es, wenn sie Schmerzen hätte. Sie hat keine Versicherung und bekäme keine medizinische Hilfe, verstehst du? Im Grunde existiert sie für die Behörden gar nicht mehr. Nur ich weiß, dass es sie noch gibt.« Er sah auf einmal sehr traurig aus. Jane dachte daran, seine Hand zu nehmen, aber sie traute sich nicht. Stattdessen lächelte sie ihn an. »Stimmt nicht ganz. Ich weiß jetzt schließlich auch, dass es sie gibt.« Zu ihrer Freude erwiderte er ihr Lächeln. Er betrachtete die Zigarette und machte dann auf dem Asphalt kehrt, als hätte er anhand der Kippenlänge festgestellt, dass es Zeit für den Rückweg war. Verwundert sah Jane zu ihm auf. »Das nennst du *um den Block gehen*? Wir sind doch noch überhaupt nicht um irgendwas herumgegangen!«

Nicolas zuckte mit den Schultern. »Das sagt man doch nur so.«

Jane schüttelte den Kopf. »Lass uns mal da lang gehen.« Sie zeigte in die abzweigende Nebenstraße.

»In die Gasse?« Er wirkte alles andere als begeistert, aber als Jane voranging, schloss er zu ihr auf. Dabei blickte er sich um, als fühlte er sich verfolgt.

»Was ist denn los?«, fragte Jane amüsiert.

»Man geht nicht einfach so in solchen Gassen spazieren.« Wieder drehte er sich um, vielleicht um festzustellen, wie weit sie sich schon von der sicheren Hauptstraße entfernt hatten.

Jane kicherte. »Fürchtest du dich etwa in dunklen, zwielichtigen Gassen?«

»Sagen wir einfach, ich halte mich lieber von ihnen fern. Deshalb wurde ich auch noch nie überfallen, ausgeraubt, vergewaltigt und brutal verstümmelt.«

»Klingt ja langweilig«, zog Jane ihn auf.

Nicolas wich einer rostigen Spritze aus, die auf dem Boden lag, und ließ sie dabei nicht aus den Augen, als rechnete er damit, sie könnte plötzlich ein Eigenleben entwickeln und ihn angreifen.

»Ich hab eine tolle Idee, wohin wir gehen!« Jane klatschte in die Hände und sprang vor Nicolas auf und ab. »Wird dir gefallen!«

Obwohl er so angespannt wirkte, musste er grinsen.

»Es ist auch überhaupt nicht weit von hier«, fügte Jane hinzu, weil sie glaubte, ihn damit eher überreden zu können.

»Und wohin willst du genau?«, fragte er unsicher. Er ließ die Zigarettenkippe fallen, trat sie aus und schob mit der Schuhspitze Sand darüber.

»Verrate ich nicht. Lass dich überraschen!«

»Ist es eine Gasse?«

»Keineswegs!«

Seufzend willigte er ein.

Am Ende der Gasse bogen sie in eine weitere ein, die noch dreckiger und unheimlicher war. Rechts und links ragten marode, feuchte Gebäudemauern in die Höhe. Die winzigen Fenster waren zum Teil kaputt und mit Planen ausgebessert oder mit Brettern vernagelt worden. Und überall lag Müll herum. Als sie an einem alten Mann vorbeigehen mussten, der mitten im Weg hockte und unverständliche Worte murmelte, rückte Nicolas näher an Jane heran. Sie fürchtete, er könnte die Nerven verlieren, plötzlich umkehren und davonlaufen. Auch ihr machte der Mann Angst. Allein hätte sie es nicht gewagt, an ihm vorbeizugehen. Sein Kopf wackelte und seine Augen waren nur halb geöffnet. Bestimmt war er betrunken oder auf Drogen. Sein Blick ging ins Leere, als würde er Nicolas und sie überhaupt nicht wahrnehmen, aber vielleicht wollte er sie nur in Sicherheit wiegen und wartete auf den Moment, nach ihren Füßen zu greifen und sich auf sie zu stürzen. Jane hielt vor Anspannung die Luft an. Arthur sagte immer, dass Rauschgiftsüchtige unberechenbar waren, weil sie, um an Geld für Drogen zu kommen, alles taten. Sogar morden! Er hatte ihr oft genug eingebläut, um solche Typen einen Bogen zu machen. In einer Gasse war das aber kaum möglich.

»Ich schlage vor, dass wir auf dem Rückweg woanders langgehen«, sagte Nicolas, nachdem sie den Alten hinter sich gelassen hatten.

»Klar, wie du willst«, antwortete Jane bemüht lässig, während ihr Herz kräftig pochte.

*

Wann immer Jane in die Randzonen der Stadt kam, schien dort alles noch erbärmlicher geworden zu sein als beim letzten Mal. Natürlich war das Leben in der Stadt auch nicht rosig, aber hier draußen war der Verfall viel weiter vorangeschritten. An diesem Ort lebten die, die sich keine Miete mehr leisten konnten, im schlimmsten Elend. Die kastenartigen Steinbauten standen in relativ großzügigen Abständen zueinander und waren umgeben von Schutt und Gestrüpp. Ein Teil der verwitterten Häuser stand leer, weil sie unbewohnbar geworden waren. In anderen Gebäuden, so hieß es, gab es Wohnungen mit achtköpfigen Familien, die auf engstem Raum lebten. Nicolas wirkte immer noch angespannt, obwohl die Gassen längst hinter ihnen lagen. Ständig blickte er sich nervös um. Bestimmt hatte er gehört, dass die Kriminalität und Gewalt hier draußen besonders hoch waren. Schlimmer als in der Stadt. Das wusste schließlich jeder.

Erst nachdem sie auch die Slums hinter sich gelassen hatten, schien Nicolas ruhiger zu werden.

»Wir haben die Zivilisation verlassen. Das ist die Wildnis.« Jane machte eine ausladende

Bewegung mit dem rechten Arm, wie sie es bei Reiseleitern in Filmen gesehen hatte. »Sehen Sie zu Ihrer Rechten: Natur, so weit das Auge reicht … Und sehen Sie links: noch mehr Natur.« Mit dem Hosenbein blieb sie an einem Stück Stacheldraht hängen, aber es gelang ihr, sich zu befreien, ohne den Jeansstoff aufzureißen.

Nicolas ließ den Blick schweifen. Vor ihnen lag die trockene Steppe. In der Ferne standen vereinzelte Gebäude. Ruinen und die Reste ehemaliger Industriehallen aus einer Zeit, in der es der Stadt noch gut gegangen war. Das war gar nicht so lange her. Jane erinnerte sich sogar an die Bauarbeiten. Damals war sie vier oder fünf gewesen. Ihr Dad war mit Arthur und ihr hergekommen, um den großen Baukran zu bestaunen. Wahrscheinlich hatte er wegen eines Jobs fragen wollen und Arthur und sie mitgenommen, weil er nicht wusste, wohin mit ihnen.

»Siehst du die grünen Büsche und Bäume dort hinten?« Jane zeigte geradeaus. Nicolas hielt die Hand an die Stirn, um gegen das Sonnenlicht etwas erkennen zu können. Sein Hemd klebte nass auf seiner Brust. Jane fragte sich, ob es Angstschweiß war oder nur an der Hitze lag.

»Dort verläuft der Fluss, der die Stadt durchzieht«, erklärte sie ihm. »Es ist eine super

Badestelle. Arthur und ich sind früher im Sommer fast jeden Tag hergekommen.«

»Ich wusste nicht mal, dass wir einen Fluss in der Stadt haben.«

Jane glaubte im ersten Moment, Nicolas wollte sie nur aufziehen. Aber seine überraschte Miene verriet ihr, dass er wohl tatsächlich keine Ahnung von der Existenz des Flusses gehabt hatte. Möglicherweise hatte sich dieser seltsame Junge noch nie weiter als ein paar hundert Schritte von seinem Wohnhaus entfernt, und er bewegte sich immer nur innerhalb des kleinen Bereichs zwischen dem Supermarkt, seinem Zuhause und den Mülltonnen. Die Vorstellung, dass ausgerechnet sie es war, die ihn aus seinem Kokon gelockt hatte, gefiel Jane.

Sie näherten sich dem Fluss, dessen Ufer beiderseits von einem Maschendrahtzaun abgesperrt war. Aus der Nähe betrachtet wirkte das üppige Grün gar nicht mehr so üppig und grün. Die wenigen Bäume sahen fast kahl aus. Sie waren tot, das war Jane vorher nie aufgefallen.

Nicolas trat an den Zaun heran und blickte durch das Gitter auf den Fluss. Jane hatte die leichte Wasserströmung schon immer als etwas Beruhigendes empfunden, und sie fragte sich, ob Nicolas gerade dasselbe fühlte. »Lass uns ins

Wasser springen!«

Er runzelte die Stirn und trat einen Schritt vom Zaun zurück. »Dein Ernst? Da treiben Fischkadaver an der Wasseroberfläche. Und es stinkt übel nach Kloake. Ist sicher giftig.«

»Das ist kein Problem, wenn du duschst, sobald du zu Hause bist.« Jane warf den Rucksack über den Zaun und kletterte dann auf die andere Seite. Sie war unsicher, ob Nicolas ihr folgen würde. Vielleicht war dieses Abenteuer doch eine Nummer zu groß fürs erste Mal?

»Hier hängen überall Verbotsschilder am Zaun. Auf einigen sind Totenköpfe«, hörte sie ihn sagen, während sie sich die Jeans abstreifte. Erst ganz nah am Wasser zog sie sich die Schuhe aus, weil man im hohen Gras nicht sehen konnte, wohin man trat und überall Müll herumlag. Kaputte Flaschen und rostige, scharfkantige Gegenstände. Manches davon hatten die Leute über den Zaun geworfen, den Rest hatte der Fluss an Land gespült. Vorsichtig stieg Jane ins Wasser. Sie hatte vergessen, wie schleimig der Boden war. Aber die Kühle tat gut.

»Es ist so verdammt dreckig hier«, hörte sie Nicolas hinter sich, der nun doch über den Zaun gekommen war. Jane ging tiefer ins Wasser. Als es ihr bis zu den Hüften reichte, drehte sie sich zu

Nicolas um. Er machte ein gequältes Gesicht.

»Es ist herrlich erfrischend. Komm rein, wenigstens bis zu den Knien!«, rief sie ihm entgegen. Sie hob ihr Shirt an und knotete es unter der Brust zusammen, damit es nicht nass wurde, und ging dann noch etwas tiefer ins Wasser.

Nicolas zögerte. Er wischte sich mit dem Handrücken den Schweiß von der Oberlippe. Jane konnte sehen, wie schwer er atmete. Der Fußmarsch bei der Hitze hatte ihm sichtlich zugesetzt. Kein Wunder, in den warmen Klamotten. Er starrte auf den Fluss und schien zu überlegen, was er tun sollte. Das machte Jane Hoffnung, denn offenbar spielte er jetzt doch mit dem Gedanken, ihr ins Wasser zu folgen. Und mit einem Mal schüttelte er die Schuhe von sich. Er öffnete seine Hose, zog sie aus und entledigte sich der Socken. Er knöpfte das Hemd auf und riss es sich vom Leib, als hätte er es plötzlich eilig. Vielleicht fürchtete er, dass seine Stimme der Vernunft gleich wieder die Oberhand gewann und ihm dieses Abenteuer ausredete. Wie auf glühenden Kohlen stakste er ins Wasser und verzog angewidert das Gesicht. »Das fühlt sich eklig an.«

Um zu verhindern, dass er gleich wieder ans

Ufer flüchtete, streckte sie ihm die Hand entgegen. »Hier im Tiefen ist es besser«, behauptete sie und nickte ihm aufmunternd zu. »Und in der Mitte kann man schwimmen. So hat man überhaupt keinen Bodenkontakt.«

»Großartig«, seufzte er. Alles in ihm schien sich dagegen zu sträuben, und doch wagte er sich weiter hinein. Das imponierte Jane. In ihren Augen machte es ihn zu einem tapfereren Menschen als all die lauten Wichtigtuer da draußen. Er stand bereits bis zur Brust im Wasser und hatte Jane überholt. Sie streifte ihr Shirt ab und warf es ans Ufer, dann zog sie mit ihm gleich.

Plötzlich stieß Nicolas einen hysterischen Schrei aus. »Ich glaub, ich bin auf einen halb verwesten Fisch getreten!« Er hampelte herum, als hätte er die Gräten zwischen den Zehen zu hängen und versuchte panisch, sie loszuwerden. Jane lachte und machte ein paar Schwimmzüge. Sie wollte Nicolas raten, ebenfalls zu schwimmen, aber dann tat sie es lieber doch nicht. Vielleicht hatte er es nie gelernt. Umso mutiger war es, dass er sich ins Wasser traute.

»Man kann hier prima nach Schätzen tauchen«, rief sie.

»Mach das bitte nicht ... in dieser Dreckbrühe?«

Jane hielt sich die Nase zu und tauchte ab. Nur, um Nicolas zu imponieren. Außerdem hatte sie schon immer gefunden, dass Badengehen erst dann wirklich zählte, wenn man dabei auch nasse Haare bekam. Sie tauchte wieder auf und blinzelte Nicolas entgegen.

»Du bist ja völlig verrückt, Jane«, meinte er kopfschüttelnd.

Sie nahm es als ein Kompliment und grinste ihn stolz an. Mit den Fingerspitzen zog er eine

Plastiktüte aus dem Wasser und schleuderte sie ein paar Meter von sich, aber die Strömung sorgte dafür, dass die Tüte sofort wieder auf ihn zugeschwommen kam. Er machte einen Schritt zur Seite und sah zu, wie sie dicht an ihm vorbeizog.

10

Auf dem Heimweg waren Janes Haare getrocknet, aber sie hingen in klebrigen Strähnen herunter. Ein schmieriger Film haftete überall auf ihrer Haut und verursachte ein unangenehmes Jucken am ganzen Körper. Unterwegs setzte sie den Rucksack ab und versuchte, eine Stelle am Rücken zu kratzen, an die man allein unmöglich heranreichte. Vielleicht bekam sie einen fiesen Hautausschlag, aber selbst, wenn es ein Ausschlag der übelsten Sorte werden sollte, war die Sache es wert gewesen! Jane fühlte sich richtig beflügelt. Der Tag erschien ihr so besonders und wertvoll, dass sie froh war, sich an diesem Morgen gegen die Schule entschieden zu haben. Sie hatte Nicolas' Großmutter kennengelernt und gesehen, wie die beiden lebten. Der Ausflug mit Nicolas hatte Spaß gemacht, und sie war sich sicher, dass es ihm auch gefallen hatte, obwohl ein Spaziergang durch die Slums und Baden im Kanalwasser eigentlich nicht sein Ding waren. Er hatte sich trotzdem darauf eingelassen. Darüber freute sie sich am meisten. Sie mochte Nicolas' ruhiges Wesen und dass er kein Angeber war. Sie mochte ihn, weil er sich um seine Großmutter kümmerte. Und sie mochte ihn, weil er so freundlich und respektvoll war. Schade nur, dass er manchmal mit ihr redete wie mit einem Kind.

Als Jane die Wohnung betrat, stand Arthur in der Küche und schüttete gerade eine Dose Ravioli mit Tomatensoße in den Kochtopf. »Bin da!«, begrüßte sie ihn, nachdem sie den Rucksack in die Ecke geworfen hatte. »Und wie ich sehe, genau zur richtigen Zeit. Braver Küchensklave!«

Statt auf ihren Scherz einzugehen, gab er nur ein schlichtes »Hi« zurück.

Jane war so durstig, dass ihre Kehle schmerzte. Sie lief zur Küchenspüle, nahm wahllos eins der schmutzigen Gläser und füllte es mit Wasser. Sie trank es gierig leer und füllte es noch einmal auf. Plötzlich spürte sie Arthur dicht hinter sich. Er schnüffelte an ihrem Hals. Als sie sich zu ihm umdrehte, verzog er gerade das Gesicht. »Wo bist du gewesen? In der Kanalisation?«

Jane grinste ihn an. »Die Frage muss lauten, *mit wem* ich unterwegs war. Das errätst du nie, nie, nie!«

»Okay, also mit wem?«, fragte Arthur streng. Er hatte wohl nicht die Absicht, den Namen zu erraten.

»Ich war den lieben langen Tag ...« Sie machte eine kurze Pause, um die Spannung zu erhöhen. »... mit Nicolas zusammen!«

Arthur sah sie stumm an.

»Mit *deinem* Nicolas«, fügte Jane hinzu, weil er anscheinend nicht kapierte, von wem sie sprach.

»Ach, daher der Gestank.«

Jane ignorierte seine Beleidigung, drehte sich um und rührte die Ravioli um. »Hab ihn zufällig getroffen. Ich war sogar bei ihm zu Hause und hab seine Oma kennengelernt. Sie ist uralt! So alt, dass sie fast gar keine Haare mehr hat und nur noch im Bett liegen kann. Ihr Gedächtnis funktioniert auch nicht mehr so gut. Nicolas ist der Einzige, der sich um sie kümmert, aber manchmal vergisst sie sogar, wer *er* ist.«

Arthur schwieg.

»Und am Nachmittag waren Nicolas und ich schwimmen«, fuhr Jane fort und plötzlich veränderte sich sein Gesichtsausdruck.

»An *unserer* Badestelle?« Die Art, wie er sie ansah, erschreckte Jane. Wieso war er so mürrisch? Mit einem Mal beschlich sie ein ungutes Gefühl. Sie hatte sich nichts Böses dabei gedacht, Nicolas ihre Badestelle zu zeigen, aber nun kam sie sich wie eine Verräterin vor.

»Ist der Typ jetzt dein bester Freund?« Arthur blickte sie so anklagend an, als hätte sie etwas richtig Schlimmes angestellt. Statt einer Antwort zuckte sie nur mit den Schultern.

»Na, wie schön.« Er schien wirklich böse zu sein. Vielleicht wäre er einfach gern dabei gewesen. Vielleicht wäre er bei der Hitze auch gern ins kühle Wasser gesprungen. Jane wollte gerade vorschlagen, dass sie das nächste Mal etwas zu dritt unternehmen könnten, aber Arthur kam ihr zuvor.

»Geh duschen, du stinkst schlimmer als ein Bahnhofsklo.«

Auch sonst war Arthurs Tonfall oft rau, aber diese Kälte in seiner Stimme war ihr ganz fremd. Wahrscheinlich hatte er einen anstrengenden Tag hinter sich. Klar, dass es ihn da nervte, wenn sie hier hereinspazierte und ihm von ihrem Ausflug vorschwärmte.

»Okay«, seufzte sie. »Aber erst mal essen – sonst sterbe ich!« Sie beugte sich über den Kochtopf und schnupperte an den Ravioli. Jetzt, als ihr der Geruch in die Nase stieg, merkte sie, wie ausgehungert sie war. Doch Arthur schob sie grob beiseite und rührte das Essen weiter um.

Wütend starrte sie ihn von der Seite an. Mochte ja sein, dass er schlechte Laune hatte, aber deshalb musste er sie noch lange nicht herumschubsen. Sie wollte ihm irgendetwas Boshaftes an den Kopf werfen, aber ihr fiel nichts Schlagfertiges ein. Also knurrte sie ihn an, holte sich frische Sachen aus dem Schlafzimmer und verzog sich ins Bad. Zornig riss sie sich die Kleider vom Körper und pfefferte sie auf den Boden. Sie hatte heute so viel Spaß gehabt ... Es war der schönste Tag seit langem gewesen, bis Arthur ihn verdorben hatte. Offenbar gönnte er es ihr nicht, glücklich zu sein. Er war gemein! Jane verspürte eine solch starke Wut auf ihn, dass sie am liebsten gegen die Badezimmertür getreten hätte.

Sie nahm sich fest vor, heute Abend nichts mehr zu essen. Arthurs Ravioli konnten ihr gestohlen bleiben. Und wenn sie verhungerte, würde er schon sehen, was er davon hatte!

11

»Kakao?«, fragte Arthur ohne große Hoffnung, dass Jane darauf einstieg. Sie saß auf dem Sofa und blickte stur geradeaus, als versuchte sie angestrengt, ihn zu ignorieren. Sie schwieg schon, seit sie aus dem Bad gekommen war, und selbst die Ravioli hatte sie nicht angerührt. Statt zu antworten, zog sie eine Zigarette aus der Schachtel vom Wohnzimmertisch und steckte sie sich an. Dann nahm sie die Fernbedienung und schaltete in schnellem Tempo durch die Kanäle. Arthur ging zu ihr, entriss ihr die Fernbedienung und schaltete das Gerät ab. Selbst jetzt behielt Jane ihre Strategie, ihn zu ignorieren, bei. Als wäre nichts passiert, hielt sie die Zigarette zwischen den dünnen Fingern, sah ihn nicht an und sagte kein Wort. Dieses Verhalten kannte Arthur von ihr nicht. Und es tat ihm weh. Normalerweise blieb sie nie lange eingeschnappt. Normalerweise lächelte sie wenige Minuten nach einem Streit wieder und alles war vergessen. Und meistens war sie es, die ihn dazu drängte, sich mit ihr zu vertragen. Aber jetzt schien es anders zu sein. Wahrscheinlich wollte sie ihm heute überhaupt nicht mehr in die Augen sehen und spielte den Rest des Abends die Stumme. Und später würde er allein im Bett liegen, während ihre Hälfte der Matratze leer blieb, weil sie es vorzog, hier auf dem Sofa zu übernachten.

Arthur ließ sie in Frieden und räumte ein wenig auf, wobei er die meiste Zeit kopflos durch die Wohnung lief. Er spülte das Geschirr, bewegte Gegenstände sinnlos hin und her und wischte dreimal über dieselbe Stelle der Arbeitsfläche. Jane hockte wie versteinert auf dem Sofa, und nachdem sie die Zigarette gepafft hatte, schob sie sich zwei Kaugummis auf einmal in den Mund. Arthur betrachtete ihr Profil. Sie schien ebenso angespannt zu sein, wie er sich fühlte, und wie sie auf dem Kaugummi herumkaute, wirkte beinahe brutal. Arthur wusste, dass dieser dumme Streit sie genauso quälte wie ihn. Seufzend trat er vor sie. Er schob den Krempel, der auf dem Tisch lag, beiseite und setzte sich. In dem Moment, als sein Knie leicht gegen ihres stieß, zuckte sie ein wenig zurück. Er sah ihr an, wie sie sich bemühte, einen festen Gesichtsausdruck zu wahren.

Aus der Nachbarwohnung drang plötzlich lautes Gelächter. Es kam so unvermittelt, dass Janes Blick zur Wand glitt, hinter der das Paar offenbar gerade friedlich gestimmt war.

»Wenn die zwei Chaoten sich vertragen, können wir's auch«, sagte Arthur. Er wusste genau, sie wollte dieses Theater beenden, aber noch konnte sie sich nicht dazu durchringen. Sie war eben keine neun mehr. Früher wäre sie ihm schon längst um den Hals gefallen. Als Zeichen der Versöhnung strich er ihr behutsam über ihren Schenkel. Sie ließ es zwar geschehen und schlug seine Hand nicht weg, aber sie blickte weiter an ihm vorbei und fixierte irgendeinen Punkt an der Wand.

Arthur stöhnte resigniert, stand auf und ließ sich in den Sessel fallen. Eigentlich verstand er gar nicht, warum Janes Ausflug mit Nicolas ihn so sehr auf die Palme brachte. Er hatte schließlich ein weit ernsteres Problem ... Ein Problem, das seit diesem Morgen zentnerschwer auf ihm lastete.

12

Normalerweise war Arthur gut darin, quälende Gedanken aus seinem Kopf auszublenden, aber die Tyson-Sache konnte er nicht einfach verdrängen. Diesmal ging es nicht um irgendein Alltagsproblem, wie sonst, wenn er fast pleite war und vor der Herausforderung stand, das Geld für einen Schulausflug oder für die nächste Monatsmiete aufbringen zu müssen. In solchen Situationen fand er letzten Endes immer eine Lösung. Diesmal hatte er ein echtes Problem. Eigentlich war das Wort *Problem* noch viel zu harmlos dafür. Tyson verlangte von ihm, einen Mann umzubringen. *Einen Menschen töten!* Arthurs Geist weigerte sich noch, einen Mord überhaupt in Erwägung zu ziehen. Tyson konnte es nicht ernst meinen. Aber gleichzeitig wusste Arthur, dass er nicht bluffte. Er lehnte den Kopf zurück, presste sich die Hände aufs Gesicht und versuchte, sich zu beruhigen, indem er langsam ein- und ausatmete. Sein Puls, der schon den ganzen Tag verrückt gespielt hatte, raste auch jetzt wieder. Irgendwie musste er Tyson überzeugen, dass diese Mordsache nichts für ihn war, egal, wie gut die Bezahlung dafür sein mochte. Arthur wollte sein Geld nicht! Aber würde er die

Wahl haben, abzulehnen, falls Tyson die Sache tatsächlich ernst meinte? Mit Sicherheit würde er den Druck auf ihn verschärfen. Jane und er waren Tyson ausgeliefert!

Er sah rüber zu Jane, die immer noch auf dem Sofa saß und schmollte. Zum Glück ahnte sie nichts von alldem.

Irgendwann stand sie auf und ging ohne ein Wort ins Bett, obwohl es noch nicht einmal dunkel war. Arthur folgte ihr zwanzig Minuten später. Der Druck wegen Tyson war schon schlimm genug. Dass Jane ihn jetzt auch noch wie Luft behandelte, machte es noch unerträglicher. Sie hatte ihm den Rücken zugekehrt und lag nah am Rand ihrer Betthälfte, nur ein paar Zentimeter davon entfernt, von der Matratze zu rutschen.

»Du verhältst dich wie ein bockiges Baby«, sagte er. Jane rührte sich nicht. Sie schien sogar das Atmen eingestellt zu haben. Arthur wusste, dass sie hellwach war. Und wütend. Er legte sich zu ihr und rutschte nah an sie heran, achtete aber darauf, sie nicht zu berühren.

Er dachte daran, wie aufgedreht sie vorhin gewesen war, als sie ihm von dem Ausflug mit Nicolas vorgeschwärmt hatte. Was wollte der Typ nur von ihr? Hinter seiner sauberen Fassade konnte er ein perverser Psychopath sein, der sich an kleine Mädchen heranmachte, weil er sich bei Gleichaltrigen nichts traute. Arthur reagierte vermutlich über, aber es gefiel ihm einfach nicht, dass sich Jane mit Nicolas abgab. Bisher hatte sie so etwas doch auch nicht gebraucht. Sie waren bestens allein zurechtgekommen ... Und dann dachte er wieder an Tyson und die Angst in ihm wurde noch schlimmer. Die Angst, dass etwas Furchtbares passieren würde. Dass es mit jeder Minute unaufhaltsam näherrückte. Er wollte daran glauben, dass alles in Ordnung kam und er und Jane ihr Leben einfach für immer so weiterführen konnten.

Arthur betrachtete Janes Nacken. Die Haut um die Schnittwunde war noch immer leicht gerötet. Er verspürte Lust, die Stelle zu streicheln, ihren Nacken zu küssen. Schnell verschränkte er die Arme, um sich daran zu hindern, es wirklich zu tun. Ihr abweisendes Verhalten war schmerzhaft. Aber die Angst, sie wegen Tyson, Nicolas und all den anderen Monstern, die da draußen lauerten, zu verlieren, raubte ihm den Atem.

Plötzlich setzte sie sich auf, als hätte sein Blick ihr wehgetan. Sie nahm ihr Kissen, stieg aus dem Bett und verließ das Schlafzimmer.

»Was ist los?«, rief Arthur ihr nach.

»Ich brauch Freiraum!«, hörte er sie von nebenan.

Er riss sich die Decke von den Beinen und folgte ihr. »Freiraum? Spinnst du ein bisschen? Wir haben zu viert hier gehaust und es hat funktioniert. Wieso brauchst du jetzt plötzlich Freiraum?«

»Weil es eben so ist!«, antwortete sie trotzig.

Sie hatte sich bereits aufs Sofa gelegt und die Wolldecke über sich geworfen, offenbar fest entschlossen, hier im Wohnzimmer zu übernachten. Etwas dermaßen Kindisches hatte sie lange nicht gemacht. Arthur zerrte ihr die Decke weg und packte Jane am Handgelenk. Sie stieß einen Schrei aus, vermutlich mehr, weil seine Aggressivität sie erschreckte, als dass er ihr wehtat. Sie stand auf, weil ihr nichts anderes übrigblieb. Arthur schubste sie grob Richtung Fenster. Sie wimmerte.

»Ich geb dir deinen Freiraum!« Er öffnete das Fenster und drängte Jane nach draußen. Sie stieß mit dem Kopf gegen den Fensterrahmen, als sie hindurchkletterte, und stolperte über den Kochtopf. Sie sagte kein Wort, wirkte völlig überfahren.

»Angenehme Träume!« Arthur blickte in ihre erschrockenen Augen. Ihr verängstigter Blick trieb ihm einen bitteren Stich in die Brust. Dann knallte er das Fenster zu.

*

Er starrte in den Spiegel in sein schweißnasses Gesicht und rammte die Faust in die Wand. Der Schmerz ließ ihn aufkeuchen. Er krümmte sich, klemmte die Hand unter den Arm und hielt die Luft an, bis der Schmerz abebbte. Dann fuhr er herum und trat gegen den erstbesten Gegenstand, der ihm vor die Fußspitze kam. Er kickte den Deckel des Puzzlekartons so kraftvoll durchs Wohnzimmer, dass er dabei auch einen Teil der halb zusammengesetzten Mittelalterburg zerstörte und einzelne Puzzlestücke herumflogen. Sofort regte sich in ihm ein Funken Reue. Es tat ihm leid, Janes Puzzle Schaden zugefügt zu haben. Andererseits hätte sie es längst wegräumen sollen! Der Schwierigkeitsgrad dieses dämlichen Puzzles war so hoch, sie würde es wohl ohnehin nie fertigstellen. Nur aus Trotz hatte sie darauf bestanden, es noch liegen zu lassen.

Vor der Spüle ließ sich Arthur auf den Boden sinken. Jane konnte er von dieser Position aus nicht mehr sehen, weil sie sich offenbar auch hingesetzt hatte. Er stellte sich vor, wie sie auf dem harten Bretterboden kauerte und es drängte ihn, sie wieder hereinzulassen. Heute Nacht würde es sich abkühlen und sie trug nur ein T-Shirt. Ihre Haare waren auch noch ein wenig feucht. Trotzdem rührte er sich nicht. Sie *musste* begreifen, dass es nicht gut war, wenn sie sich stritten. Und dass es falsch war, sich mit anderen abzugeben. Es war außerdem gefährlich, Fremde in ihr Leben zu lassen. Weil es die Gefahr erhöhte, dass ihr verdammtes Familiengeheimnis herauskam. Dann wäre alles verloren. Im Moment war Jane noch zu wütend, um das einzusehen, deshalb musste er hart bleiben, ihr Zeit zum Nachdenken geben ...

Er dachte daran, dass er sie früher schon öfter auf die Feuerleiter verbannt hatte. Damals, als er angefangen hatte, sich mit Mädchen abzugeben. Er hatte Jane jedes Mal ausgesperrt, wenn er mit ihnen im Schlafzimmer zur Sache kommen wollte. Aber nie länger als zwanzig Minuten und sie hatte es wohl als eine Art Spiel empfunden.

Als ihm ein diffuser Geruch von Fäulnis in die Nase stiegt, drehte er den Kopf, um in den Mülleimer zu sehen. Sofort fiel sein Blick auf die tiefblaue, geflochtene Haarsträhne, die zwischen Apfelresten und Jogurtbechern unter einem fettigen Pizzakarton hervor blitzte. Vorsichtig, als wäre sie eine zerbrechliche Kostbarkeit, zog er die Strähne heraus, legte sie sich in die Handfläche und strich darüber. Sie war weich. Vermutlich hatte Jane sie letzlich weggeworfen, um nicht ständig an diese Mädchen erinnert zu werden. Weil der Anblick sie traurig machte. Arthur roch daran und stellte fest, dass der Zopf nicht den Gestank der Abfälle angenommen hatte. Stattdessen erinnerte ihn sein zarter Duft an den Geruch eines Sommerregens. Noch einmal ging Arthurs Blick zum Fenster. Jane war nicht zu sehen. Er schloss die Hand um die Haarsträhne und drückte sie fest. Dann schob er sie in die Hosentasche, stand auf und ging ins Schlafzimmer.

Es verstrichen drei Stunden, dann hielt Arthur es nicht länger aus. Er öffnete das Fenster. Jane lag zusammengekauert auf den Bodenbrettern. Sie erhob sich sehr langsam. Ihre Glieder schienen ganz steif zu sein, sie zitterte und sah müde aus. Arthur half ihr, hineinzuklettern. Sie umarmte ihn und fühlte sich schrecklich kalt an. Er trug sie ins Schlafzimmer, legte sie ins Bett, dann kroch er zu ihr unter die Decke und schob sich an sie, um sie zu wärmen. Er hatte sie die ganze Zeit da draußen auf der Feuerleiter kauern lassen und sich eingeredet, das Richtige zu tun. Nun bereute er es. Er verstand nicht einmal mehr, wie er dazu fähig gewesen war, sie auf diese Weise zu quälen und ihr Angst zu machen. »Ich bin ein Idiot gewesen«, flüsterte er. Nie mehr, solange er lebte, wollte er Jane so behandeln. Sie tastete nach seiner Hand und umklammerte sie fest.

13

Um die Mittagszeit war Noahs Kneipe, abgesehen von Arthur, Tyson und dessen zwei Handlangern, menschenleer. Sogar Noah hatte sich verzogen, nachdem er vier Biere gezapft und den beiden Gorillas, die am Bartresen hockten, darüber hinaus eine Flasche Schnaps hingestellt hatte. Wahrscheinlich war dem Wirt von Tyson nahegelegt worden, für eine gewisse Zeit das Feld zu räumen.

Tyson und Arthur saßen sich an einem kleinen Tisch gegenüber, der bei jeder Berührung kippelte, obwohl bereits eine plattgedrückte Zigarettenschachtel unter einem der Beine klemmte. Arthur schob nervös sein Glas hin und her. »Ich kann niemanden umbringen«, erklärte er zum dritten Mal, seit sie hier waren, aber Tyson schien das nicht akzeptieren zu wollen. »Wie stellst du dir das vor? Wie kommst du überhaupt darauf, dass ich so etwas tun würde?«

»Junge, entspann dich! Du sollst ja nicht den Präsidenten der USA kaltmachen, sondern nur einen alten Sack am Südende der Stadt. Er ist ein Nichts. Ist so, als würdest du 'ne Kakerlake zertreten.« Tyson lachte, aber sein Blick blieb kalt. Arthur hatte keine Ahnung, wer der Typ war, den er umbringen sollte. Er wollte es auch nicht wissen. Etwas über den Mann zu erfahren, würde es nur realer, vorstellbarer machen. Aber was, wenn Tyson ihn zu dieser Sache zwang? Was, wenn er ihm drohte? Er war sicher kaltblütig genug, um sogar *ihn* von seinen Muskelmännern zusammenschlagen zu lassen oder ihn, ohne mit der Wimper zu zucken, auszuschalten. Und was wurde dann aus Jane? Um sie würde Tyson sich natürlich auch kümmern und gewiss hätte er noch weit schlimmere Pläne mit ihr als eine Pistolenkugel im Kopf oder eine durchgeschnittene Kehle.

»Wie soll ich ihn denn töten?« Arthur hatte die Frage geflüstert und warf einen kurzen Seitenblick auf die Gorillas, die damit beschäftigt waren, sich volllaufen zu lassen. Sie redeten nicht. Der Weißblonde mit den kahlrasierten Seiten rülpste nur ab und zu. Eigentlich war es unnötig, zu flüstern. Die Männer wussten sowieso, worum es hier ging.

Tyson nickte, offenbar zufrieden, dass Arthur einzulenken schien. »Das liegt bei dir. Tu, was immer sich für dich gut anfühlt.«

»Gut anfühlt?«, fragte Arthur. Das Gespräch war so absurd, dass es in einem seiner Albträume hätte stattfinden können.

»Ich will gar nicht wissen, wie du's machst, Junge. Ist dir überlassen, ob du ihn abstichst oder seinen Schädel mit einem Hammer zertrümmerst. Aber mach's gründlich. Er muss draufgehen. Wir haben keine Lust, hinter dir aufzuräumen.«

Tyson trank sein Bier aus, wischte sich den Schaum aus dem Bart und beugte sich Arthur entgegen. »Wenn die Behörden Wind davon kriegen, dass du auf den Strich gehst, um klein Janey das Pausenbrot zu sichern, nehmen die sie dir auf jeden Fall weg.« Dann spuckte er auf den Boden, zog an der Zigarette und lehnte sich wieder zurück, wobei der Stuhl unter seiner Last ächzte.

Arthur sah ihn entgeistert an. »Hast du sie noch alle? So'n Scheiß mach ich nicht!«

Tyson runzelte die Stirn. »Hab dich 'n paar Mal gesehen. Musst ja mächtig verzweifelt sein ... Statt dich auf die Weise kaputt zu machen, könntest du auch etwas arbeiten, womit der Menschheit geholfen wäre.« Er grinste selbstgefällig. »Wie ich!«

Arthur spürte die Nässe von Schweiß unter seinem Shirt. Tyson hatte ihn gesehen ...

»Arbeite für mich! Lass es dir durch den Kopf gehen, Kleiner.«

»Hör auf, mich vollzuquatschen«, stieß Arthur

aus. »Ich weiß nicht, wen oder was du gesehen haben willst ... ich war das jedenfalls nicht.«

Tyson stöhnte. »Eine Unterhaltung mit dir fühlt sich an, als würde ich mit einem blöden Kind quatschen. In deinem Alter war ich schlauer und wusste, wann es besser ist, zu kooperieren, Jungchen.« Er drückte die Zigarette neben dem Aschenbecher auf der Tischplatte aus, zog sein Handy aus der Brusttasche, betätigte ein paar Tasten und schob es über den Tisch, sodass Arthur das Display sehen konnte. Das Foto zeigte ihn von hinten. Er erinnerte sich an die Nacht, auch wenn sie Monate zurücklag. Er erinnerte sich an die Straßenecke und an diesen Typen mit heruntergelassener Hose, vor dem er kniete. Sogar der Ekel, den er dabei empfunden hatte, war auf einen Schlag wieder da. Und der Selbsthass.

»Das könnte jeder sein ...«, stammelte er und schob das Telefon von sich. Ihm war klar, dass Tyson ihn in der Hand hatte. Ein Foto brauchte er im Grunde gar nicht. Er konnte auch so jederzeit dafür sorgen, dass alles aufflog. Dass die Behörden ihm Jane wegnahmen und sie für die nächsten drei Jahre ins Heim sperrten. Arthur konnte sich nicht vorstellen, wie sie beide es auch nur eine Woche ertragen sollten, voneinander getrennt zu sein. Vielleicht bluffte Tyson bloß mit seinen Anspielungen und ihm stand in Wahrheit nicht der Sinn danach, ihn zu erpressen. Doch was Tyson als Nächstes sagte, machte diese naive Hoffnung endgültig zunichte. »Wenn du mein Partner wirst ... nur für den einen Auftrag, der nebenbei bemerkt leicht zu erledigen ist, wird niemand etwas von deinem geheimen Job als Stricher erfahren. Wir reden nie wieder drüber. Aber wenn du dich weigerst, hetz ich dir das Jugendamt oder wen auch immer auf den Hals. Irgendeinen emsigen Sachbearbeiter wird es bestimmt interessieren, dass ich eure Eltern seit geraumer Zeit nicht gesehen habe und dass du anscheinend ganz allein für dein Schwesterlein sorgst. Was, glaubst du, werden die tun, wenn sie eure verwahrloste Wohnung sehen und erfahren, dass du die Kleine regelmäßig mit Alkohol abfüllst? Und dass du sie vögelst?«

Arthur konnte nicht fassen, was Tyson da redete. »Bist du bescheuert?«, war alles, was er herausbrachte.

Tyson lachte auf. »Meinetwegen könnt ihr beiden euch für den Rest eures Lebens verkriechen und zusammen zwölf Bälger zeugen. Hab überhaupt kein Problem damit. Ich bitte dich doch nur um eine winzige Gefälligkeit. Ich könnte es auch selbst erledigen, aber mir geht's ums Prinzip. Verstehst du, Arthur? Wir können doch aufeinander zählen? Das will ich nur wissen.«

»Lass Jane und mich in Frieden!«

Tyson lachte erneut. »Ich würde deiner kleinen Schwester nie ein Härchen krümmen, Indianerehrenwort! Aber ihr stößt vielleicht trotzdem etwas zu. Du kannst sie ja nicht immer beschützen. Was, wenn sie eines Morgens auf dem Schulweg vom großen dunklen Mann ins Auto gezerrt wird? Von solchen Tragödien hört man doch ständig.«

Das war zu viel! Arthur sprang auf, packte Tyson am Kragen und riss ihn vom Stuhl. Er holte mit der Faust aus, doch noch bevor er zuschlagen konnte, waren die Gorillas da. Sie zerrten ihn zurück, traten ihm in den Magen und rammten seinen Schädel so gewaltsam auf den Boden, dass es Arthur schwarz vor Augen wurde.

*

Vielleicht lachte Tyson sich gerade über ihn kaputt, weil er sich so leicht erpressen ließ, dachte Arthur, während er mit hastigen Schritten die Straße entlanglief, die zu Janes Schule führte.

War es nicht so, dass er diesen Mistkerl genauso in der Hand hatte? So viel Dreck, wie der am Stecken hatte. Betrügereien, Raub, Mord. Aber im Gegensatz zu Arthur hatte dieses Schwein nicht viel zu verlieren. Und er hatte seine Handlanger. Jemand wie er blieb nie lange im Knast. Arthur wusste, dass Tyson ihn problemlos umlegen und Jane etwas antun konnte. Ihm gingen tausend Szenarien im Kopf herum und jedes einzelne war niederschmetternd. Er kam aus dieser Nummer vermutlich nicht heraus ... Vielleicht ließ Tyson ihn danach ja wirklich wieder vom Haken. Aber daran zu glauben, war naiv. Dieser angeblich einmalige Auftrag war sicher nur der Anfang. Und dann hing er mit drin in Tysons Machenschaften.

Er dachte daran, wie einfach alles vor zwei Tagen noch gewesen war. Vor der Sache mit Tyson. Sogar einen Job hatte er gehabt. Heute Morgen hatte er die erwartete Kündigung von seinem Boss bekommen. Die Stelle im Lager war er los. Doch obwohl Arthur noch keine Ahnung hatte, was er tun sollte, wenn die letzten Geld-reserven in Kürze aufgebraucht sein würden, kam ihm dieses Problem jetzt lächerlich vor.

14

Die vierte Unterrichtsstunde war die reinste Quälerei für Jane gewesen. Eine fünfundvierzig Minuten dauernde Folter in Gestalt undurchsichtiger mathematischer Gleichungen. *Verfluchte Ms. Jones!* Die Lehrerin genoss es anscheinend, Janes Unwissenheit vor der Klasse zu demonstrieren, indem sie sie immer wieder aufrief, obwohl sie keine einzige korrekte Antwort geben konnte. Die anderen Schüler waren bestimmt heilfroh, heute nicht selbst das Opfer der Jones zu sein. Mitgefühl zeigten sie aber nicht. Sie hatten nicht mal versucht, ihre gehässige Schadenfreude über Janes Matheversagen zu verbergen. Das Erschreckende war, dass die Reaktionen der Klasse Ms. Jones noch anzustacheln schienen. Jane fühlte sich wie ein geschundenes Tier, das man zur Belustigung des Publikums vorgeführt hatte, und die Aussicht auf eine weitere Mathestunde war niederschmetternd. Wer war überhaupt auf die kranke Idee gekommen, Mathematik als Doppelstunde zu legen? Insbesondere, wenn es Mathe mit Ms. Jones war.

Wenigstens blieb Jane die große Mittagspause, um sich die Wunden zu lecken. Sie zog sich an ihren Zufluchtsort hinter dem Schulgebäude zurück. Heute war sie dort bestimmt ungestört. Genaugenommen war der gesamte Schulhof um diese Zeit menschenleer. Die jüngeren Schüler hatten bereits Unterrichtsschluss. Natalie, Lindsey und der Rest ihrer Klasse waren im Speisesaal. Und die notorischen Schulschwänzer waren an solch heißen Tagen wie diesen erst gar nicht gekommen. Trotzdem blickte sich Jane immer wieder um. Noch einmal wollte sie nicht von den Mädchen überrascht werden. Seit neulich hatten sie sie zwar in Ruhe gelassen, weil ihr Triumph mit dem abgeschnittenen Zopf sie wohl noch nachhaltig besänftigte, aber irgendwann würden sie erneut Lust bekommen, sie zu schikanieren. Im Moment fühlte sich Jane nicht einmal stark genug, ihre Blicke auszuhalten. Nicht nach dieser Mathestunde.

Sie setzte sich auf ihren Rucksack und schon nach zwei Minuten brannte ihr die Sonne auf dem Gesicht, aber es gab weit und breit keinen Schatten. Sie legte die Hand auf ihren Bauch, der ein wenig schmerzte, weil ihr Magen so leer war. In der Nacht auf der Feuerleiter hatte sie kein Auge zugemacht. Und dann war sie im Bett so fest eingeschlafen, dass nach dem Aufwachen nicht mehr viel Zeit blieb, es pünktlich zur Schule zu schaffen. In der Eile hatte sie das

Sandwich liegen lassen, das Arthur extra für sie gemacht hatte. Bestimmt würde ihr Magen während der nächsten Unterrichtsstunde knurren und zur Erheiterung der Meute beitragen.

Je länger sie darüber nachdachte, wie sie den restlichen Schultag überstehen sollte, desto mutloser wurde sie. Die Versuchung, einfach abzuhauen, war groß, doch in letzter Zeit hatte sie schon zu oft geschwänzt und wenn sie so weitermachte, riskierte sie, nicht versetzt zu werden. Ein Jahr länger auf dieser Schule – undenkbar! Vorerst musste sie sich also durchbeißen.

Sie blickte wehmütig über ihre Schulter zu den vorbeifahrenden Autos hinter dem Maschendrahtzaun. Ein paar Leute gingen eilig vorbei. Jane fragte sich, wohin sie wohl unterwegs waren. Wohin auch immer – dort war es sicher nicht so schlimm wie in der Schule. Sie hätte gern mit jedem Einzelnen dieser Fremden getauscht.

Plötzlich sah sie *ihn*. Arthur! Im ersten Moment hielt sie ihn für ein Hirngespinst, entstanden aus ihrem tiefen Wunsch, aus dieser Situation erlöst zu werden. Aber er war es wirklich. Vor Freude schlug Janes Herz schneller. Sie sprang auf, warf sich den Rucksack über die Schulter und rannte zum Zaun. »Was machst du hier?«, rief sie Arthur entgegen und wartete, bis er ebenfalls den Zaun erreichte. Es war eine ganze Weile her, seit er sie das letzte Mal auf dem Schulhof besucht hatte, und dass er ausgerechnet jetzt auftauchte, fühlte sich für Jane wie ein echtes Wunder an. »Kontrollierst du mich etwa? Willst du dich davon überzeugen, dass ich brav zur Schule gehe?«

»Ich hol dich ab.« Er griff über den Zaun und nahm ihr den Rucksack ab.

Jane lachte. »Jetzt? Du kommst eine Stunde zu früh. Ich hab noch Mathe.« Sie steckte sich andeutungsweise den Finger in den Hals und tat so, als müsste sie sich übergeben.

Arthur hob die Hand an die Stirn, um seine Augen vor der Sonne zu schützen, und blickte sich um. »Komm, lass uns abhauen. Es sei denn, ich soll mir vorher noch die Schlampen vor-knöpfen, die dich immer verprügeln.«

»Was heißt hier *immer*?«

»Wo sind die Miststücke?«, wollte Arthur wissen. »Wo sind überhaupt alle?«

Jane drehte sich um. Der Teil des Schulhofs, den sie von hier aus einsehen konnten, war noch immer menschenleer. »Die sind alle im Speisesaal beim Essen.«

Arthur verdrehte die Augen und Jane ahnte,

dass er gleich wieder über das Schulessen herziehen würde. *Man kann Leuten nicht über den Weg trauen, die es gewohnt sind, sich satt zu fressen*, meinte er oft, aber jetzt sagte er es nicht. »Kommst du nun mit, oder was?«, fragte er stattdessen.

Jane schob die Finger durch das Gitter und umklammerte den rostigen Maschendraht. »Wenn wir gehen, muss ich in zwanzig Minuten zurück sein.«

Aber Arthur schien nicht zuzuhören. Er hob das Zaungeflecht an, sodass Jane leichter darunter hindurchschlüpfen konnte. Doch als sie drüben war, zögerte sie. Wollte er wirklich, dass sie Mathe schwänzte? »Wohin?«, fragte sie.

Er kratzte sich den schwitzigen Nacken und wischte sich die Handflächen an seinem Shirt ab. »Ist doch egal. Erst mal weg hier.« In seinen Augen lag etwas Drängendes, als stünde er unter einer extremen Anspannung. Hatte er sich vielleicht irgendeine Droge eingeworfen? Er war schweißgebadet und wirkte genauso fahrig wie die Junkies auf der Straße, wenn sie Entzugserscheinungen hatten. Bleich war er auch.

»Ist alles okay?«, fragte Jane.

»Ja. Ja, alles prima.«

Aber Jane spürte, dass es *nicht* okay war. Sie

nahm den Rucksack wieder an sich und folgte Arthur mit einem unguten Gefühl. Während sie die Straße entlangliefen, versuchte sie, das Tempo gering zu halten, um sich nicht allzu weit vom Schulhof zu entfernen. Arthur hingegen wirkte wie getrieben. Er machte schnelle Schritte, blieb dann immer wieder kurz stehen, bis sie zu ihm aufgeschlossen hatte. Um ihm zu signalisieren, dass sie die Schule für heute noch nicht abgeschrieben hatte, blickte sie demonstrativ auf ihre Uhr.

»Was soll der Quatsch?«, fragte Arthur prompt. Auf seinen Lippen lag ein linkisches Lächeln, als glaubte er, sie spielte ihm die verantwortungsbewusste Schülerin nur vor. Jane konnte es ihm nicht übel nehmen. Immerhin hatte sie schon oft geschwänzt. Aber normalerweise hätte *er* darauf bestehen müssen, dass sie pünktlich in den Klassenraum zurückkehrte.

»Warum laufen wir, als wären wir auf der Flucht? Was ist denn nur los?« Jane bekam keine Antwort. Stattdessen griff er nach ihrem Handgelenk. Sie hatten die Hauptstraße gerade überquert, als das Schaufenster eines Geschäfts Janes Aufmerksamkeit erregte. Der Laden konnte erst vor wenigen Tagen eröffnet haben, denn er war ihr zuvor nie aufgefallen. Und es war unmöglich, ihn *nicht* zu bemerken. Jane blieb stehen und starrte ins Schaufenster, das im Gegensatz zu allen anderen in der Gegend blitzsauber und unversehrt war, als wäre das Glas heute erst eingesetzt worden. Dahinter gab es Erstaunliches zu entdecken. Noch nie hatte Jane eine solche Fülle bunter Farben auf einmal gesehen. Sie war sogar überzeugt, dass es die meisten dieser Farben in der Stadt zuvor überhaupt nicht gegeben hatte. Sie ließ den Blick über die Gegenstände wandern, sah türkisfarbene Hundeskulpturen, regenbogenfarbene Tücher, aufwendig bestickte Täschchen, verzierte Notizbücher ... Jane war hingerissen.

»Unnützes Zeug.« Arthur spuckte gegen die Scheibe.

Er hatte ja recht. Oberflächlich betrachtet erfüllten all die Dinge vielleicht keinen Zweck. Und doch waren es faszinierende Farbtupfer in einer Welt, die sonst nur grau und schmutzig war. Jane fand, dass diese kleinen wundersamen Gegenstände insofern auf jeden Fall ihre Daseinsberechtigung hatten. Arthur nahm wieder ihre Hand, aber Jane wollte sich noch nicht von dem Anblick lösen. »Was für ein verrückter Laden! Können wir kurz reingehen?«

Arthur stöhnte genervt auf. »Nein! Wer kommt überhaupt auf die Idee, solch ein dämliches Geschäft in einer Stadt wie dieser zu eröffnen? Die Leute hier brauchen keine glitzernden Tiernäpfe, Duftkissen und blinkenden Plunder.«

Jane nickte. Der Laden war an diesem Ort zweifellos fehl am Platz. Als hätte sich das Universum einen Scherz erlaubt. Sie stellte sich auf die Zehenspitzen und versuchte, zu erkennen, wie es drinnen aussah. Bestimmt gab es dort noch viel mehr zu entdecken.

»Ich gebe dem Geschäft höchstens eine Woche«, murmelte Arthur neben ihr.

Fragend sah Jane zu ihm auf.

»Das Ding ist eine Unverschämtheit. Es verhöhnt seine Umgebung«, meinte er schulterzuckend. Jane blickte sich um. Sie kannte die Gegend ihr ganzes Leben lang. Aber noch nie hatte sie die Farblosigkeit und die Tristesse so bewusst wahrgenommen.

Arthur packte sie am Ellenbogen und zog sie mit sich, sodass sie beinahe über ihre eigenen Füße stolperte.

»Lass los, Arthur, ich komm ja«, schimpfte sie. Spätestens jetzt war ihr klar, dass wirklich etwas mit ihm nicht stimmte. Warum war er so schlecht gelaunt?

Nach ein paar Minuten, in denen sie schweigend nebeneinander hergegangen waren, stoppte

Jane, verschränkte die Arme vor der Brust und wartete, bis er ebenfalls stehen blieb. Sie schwitzte und war außer Atem. Damit er sie nicht wieder packen und mit sich ziehen konnte, setzte sie sich auf den Boden und lehnte sich mit dem Rücken an die Hauswand. Sie würde keinen Schritt weitergehen, bevor er nicht sagte, was los war.

Arthur seufzte. Und dann machte er ein Gesicht, als hätte er resigniert. Er kickte eine zerdrückte Bierdose beiseite und ließ sich neben Jane auf den Boden sinken.

»Es ist zu heiß, um hier in der Mittagssonne auf dem Asphalt zu braten«, sagte er und wischte sich den Schweiß von den Schläfen.

»Es ist auch zu heiß dafür, wie die Irren durch die Stadt zu hetzen«, entgegnete sie. Daraufhin schwieg Arthur. Sie musterte ihn von der Seite. Er wirkte so seltsam gestresst. Die wenigen Leute, die vorbeigingen, starrte er an, als rechnete er jeden Moment damit, von ihnen attackiert zu werden.

»Du bist merkwürdig. Hast du irgendwas genommen?«

Statt ihr zu antworten, drehte er den Kopf weg, sodass sie sein Gesicht nicht mehr sehen konnte.

»Das heißt also *ja*.«

»Quatsch!«, herrschte er sie an. »Wenn sich hier einer komisch verhält, dann du. Sonst hast du doch kein Problem damit, den Unterricht zu schwänzen. Ich dachte, du hasst diese Schule und die Idioten dort.«

»Das tue ich auch. Das kannst du mir glauben!«, antwortete Jane aufgebracht. »*Du* wolltest, dass ich nicht mehr schwänze.«

»Du hörst doch sonst nicht darauf, was ich dir sage.«

Jane presste die Lippen aufeinander. Sie wusste, dass sie oft dickköpfig war und es Arthur häufig nicht leicht machte, aber letztlich hörte sie immer darauf, was er sagte. Was war nur los? Gab es Probleme auf der neuen Arbeit? Aber davon hätte er ihr doch auf jeden Fall erzählt. Entweder steckte etwas anderes dahinter, etwas richtig Ernstes, oder er war immer noch böse wegen Nicolas. Weil sie neulich die Schule geschwänzt und den Tag mit ihm verbracht hatte und jetzt wegen einer doofen Mathestunde solch ein Theater machte.

Nachdem sie eine Weile geschwiegen hatten, stand er auf. »Können wir bitte weitergehen?«

Jane nickte.

»Lass uns irgendetwas machen«, sagte er. »Worauf hast du Lust?« Er lächelte, doch sie spürte, dass es nicht echt war. Das alles fühlte sich falsch an.

»Na gut ... aber mir fällt nichts ein.«

Arthur blickte sich um. In der Gegend gab es nur ein paar Kneipen, aber tagsüber war es für Jane schwierig, da reinzukommen. Erst nach Sonnenuntergang, wenn sich die Bars füllten, scherten sich die Betreiber nicht mehr um das Alter ihrer Gäste. »Wir könnten baden gehen«, schlug er vor.

Jane überlegte kurz und schüttelte den Kopf. »Wir laufen doch die ganze Zeit in die entgegengesetzte Richtung. Die Badestelle ist meilenweit entfernt.«

Arthurs Lächeln erlosch. »Dann gehen wir eben nach Hause.«

Jane trottete mit gesenktem Kopf hinter ihm her. Wenigstens hetzte er sie jetzt nicht mehr.

Als sie stehenblieb, um ihren Schnürsenkel fester zu ziehen, passierte es.

»Hey du, kleines blau gefiedertes Vögelchen«, drang eine widerwärtige Stimme viel zu nah an ihr Ohr. Jane war nicht sicher, was sie zuerst wahrnahm: den furchtbaren Geruch – eine Mischung aus Alkohol, Schweiß und Schmutz – oder das widerliche Gefühl der Berührung. Der Kerl war aus dem Nichts aufgetaucht. Jane spürte ihn in ihrem Rücken, als seine Hand bereits unter ihrem Arm hindurch und unter ihr Shirt glitt. Noch bevor sie reagieren konnte, packte er ihre Brust. Jane keuchte vor Schreck. Sie fuhr herum und stieß den Mann weg. Er war in Lumpen gekleidet und sein dreckiger Bart war ebenso verfilzt wie das Haar auf seinem Kopf. Er taumelte, fand aber das Gleichgewicht wieder. Doch dann stand Arthur vor ihm. Er riss dem Kerl die Schnapsflasche aus der Hand, holte aus und schlug sie ihm brutal über den Schädel. Scherben flogen durch die Luft. Blut rann über die Stirn des Mannes, der erneut wankte und diesmal zu Boden ging. Verwundert blickte er zu Arthur auf. Plötzlich grinste er und entblößte sein verfaultes Gebiss. Spucke tropfte ihm aus dem Mundwinkel. Dann trat Arthur zu.

Jane war wie gelähmt. Und Arthur war ein wildes Tier, rasend vor Wut. Sie löste sich aus ihrer Schockstarre und zerrte an seiner Schulter, aber er stieß sie weg, packte den Mann am Kragen und schlug ihm die Faust ins Gesicht. Drei, vier Mal.

»Stopp! Arthur, hör auf!«, brüllte Jane, aber er war wie in einem Rausch. Der Mann blutete aus der Nase und gab keinen Laut mehr von sich. Noch einmal schlug Arthur zu. Jane stieß einen so schrillen Schrei aus, dass er endlich reagierte. Einen Moment wirkte er benommen, als wüsste er nicht, was gerade passiert war. Der Mann presste sich die Finger vors Gesicht. »Verfluchter Drecksbengel, Hurensohn«, murmelte er. Dann nahm er die Hände herunter und spuckte Blut auf Arthurs Schuhe. Jane war erleichtert darüber, dass der Mann noch lebendig genug war, um zu fluchen. Sie umklammerte Arthurs Arm. Und dann rannten sie davon, ohne sich noch einmal nach dem Alten umzublicken.

*

Janes Lunge brannte. Und trotz dieses Schmerzes spürte sie noch immer die Stelle, wo der widerliche Mann sie angefasst hatte. Seine Hand war so plötzlich unter ihr Top geglitten und der Schrecken hatte sie einen Moment bewegungsunfähig gemacht. Sein Geruch, der Klang seiner Stimme, die Berührung ... Übelkeit stieg in ihr hoch. Sie wurde langsamer, glaubte, sich übergeben zu müssen, aber Arthur zog sie weiter in eine enge Seitengasse. Erst, nachdem sie sich ein gutes Stück von der Hauptstraße entfernt hatten, hielt er endlich an. Jane rang nach Luft. Vor ihren Schuhspitzen lag ein stark verwester

Rattenkadaver. Überall war Müll. Es stank nach Urin, nach Fäulnis und nach Tod. Sie suchte Arthurs Blick. Der Schrecken stand auch ihm ins Gesicht geschrieben. Sie stellte sich dicht vor ihn und legte ihm die Hand auf die Wange. In dem Moment, als sie ihn berührte, huschte ein Lächeln über seine Lippen. »Alles wieder in Ordnung, Janey«, keuchte er. Er senkte den Kopf und lehnte die Stirn an ihre. Jane spürte seinen Atem auf ihrem Gesicht. Arthur legte die Arme um sie und drückte sie so fest an sich, dass sie sein rasendes Herz fühlte, das gegen ihr eigenes schlug. Lange hielt er sie auf diese Weise umschlungen, und nach und nach schienen sich seine Muskeln zu entspannen. Erst, als er losließ und sie ansah, begann sie zu weinen. Sie konnte nichts dagegen tun. Mit zittrigem Daumen wischte Arthur eine Träne von ihrer Wange.

»Was ist nur los?«, schluchzte sie.

»Was los ist? Der Kerl hat dich begrapscht! Keine Angst, wir sind weit weg und er hat seine Abreibung gekriegt.«

Zitternd tastete sie nach der Stelle, wo der Mann sie angefasst hatte. »Das meine ich nicht. Was ist los mit *dir*?«

Für ein paar Sekunden sah er sie an und schien mit sich zu ringen. Dann verfinsterte sich seine Miene.

»Hör auf, mich das zu fragen! Nicht alles in meinem Leben dreht sich immer nur um dich, weißt du?«

»Das ist mir schon klar!« Sie schrie jetzt und versuchte nicht mehr, die Tränen zurückzuhalten. »Sag es mir trotzdem!«

»Nein«, antwortete er kalt und dieses Wort fühlte sich an wie ein Fausthieb. Es raubte ihr den Atem.

Sie wischte sich die Tränen ab. »Ich geh jetzt zurück zur Schule.«

Arthur blickte sie an. »Janey, du zitterst am ganzen Körper. Komm. Ich bring dich nach Hause.«

15

Auf dem Heimweg sprachen Arthur und Jane kein Wort miteinander, und zu Hause angekommen verließ Arthur die Wohnung kurz darauf wieder, ohne zu sagen, wohin er ging und wann er zurück sein würde. Das Erlebnis mit dem widerlichen Mann saß Jane noch in den Gliedern. Ihr war, als könnte sie seine Hand noch immer auf sich spüren. Würde das für den Rest ihres Lebens so sein? Ihr Körper hörte nicht auf zu zittern. Manchmal durchfuhr ein unkontrolliertes Zucken ihre Muskeln, als wäre sie bis auf die Knochen durchgefroren. Doch Arthurs Wut auf den Kerl hatte ihr mindestens ebenso Angst gemacht wie der Mann selbst. Er war so rasend gewesen ...

Und wo war er jetzt? Jane fühlte sich allein. Die Wohnung kam ihr trostlos vor und trotz der gewohnten Geräuschkulisse des Feierabendverkehrs, die von den Straßen hinauf drang, erschien es ihr stiller als sonst. Die Einsamkeit und die Sorge um Arthur waren bedrückend. Genauso bedrückend wie Janes Schuldgefühl. Sie hatte doch gemerkt, dass es ihm nicht gut ging, aber statt herauszufinden, was mit ihm nicht stimmte, war ihr der bunte Laden mit den lächerlichen

Gegenständen wichtiger gewesen. Und der Matheunterricht.

Ihr fiel ein, dass sie bis morgen eine Englischhausaufgabe erledigen sollte, konnte sich jedoch nicht dazu durchringen, das Buch aufzuschlagen und damit anzufangen. Es wäre ihr nur wie ein weiterer Verrat an Arthur vorgekommen.

Das flaue Gefühl in ihrem Magen erinnerte sie wieder daran, wie ausgehungert sie war, aber ihr fehlte der Antrieb, die fünf oder sechs Schritte zum Küchentisch zu gehen, auf dem schon den ganzen Tag das Sandwich für sie lag. Außerdem verdiente sie es nicht, sich jetzt den Bauch vollzuschlagen. Doch dann fiel ihr ein, dass Arthur sicher auch hungrig war, wenn er zurückkehrte. Sie stand auf und öffnete eine Dose mexikanischen Eintopf. Die Suppe enthielt jede Menge Chilischoten und Gewürze, die sie für Janes Geschmack viel zu scharf machten, aber es war Arthurs Lieblingsgericht. Sie schüttete die klumpige Flüssigkeit in den Kochtopf und schaltete den Herd ein. Es dauerte immer eine Weile, bis die Heizplatte sich erwärmte, deshalb räumte Jane nebenbei den Tisch im Wohnzimmer auf. Als sie den Eintopf wieder umrührte und davon kostete, war er gerade einmal lauwarm.

Wie lange Arthur wohl noch fortblieb? Ob er

in einer Bar saß oder durch die Straßen lief? Vielleicht besuchte er auch irgendeinen Freund, den er eigentlich gar nicht mochte, bei dem er im Moment aber trotzdem lieber war als bei ihr. Janes Augen füllten sich mit Tränen.

Sie beschloss, das Essen erst nach Arthurs Rückkehr aufzuwärmen, schaltete den Herd ab und setzte sich zurück aufs Sofa.

*

Ein markerschütterndes Krachen riss Jane aus dem Schlaf. Im ersten Moment glaubte sie, die Decke würde über ihr einstürzen, doch das Wohnzimmer sah normal aus. Dann ein weiteres Poltern. Jane sprang auf und schlug dabei mit dem Knie gegen die Tischkante. Sie ignorierte den Schmerz, rannte zur Tür und starrte durch den Spion. Es hatte sich angehört, als versuchte jemand, die Tür einzuschlagen. Oder als hätte dieser Jemand sich dagegen geworfen, um sie aufzubrechen. Auf dem Flur war nicht genug Licht, um etwas zu erkennen. Und jetzt war es so still, dass Jane die Luft anhielt, weil sie fürchtete, wer auch immer da draußen war, könnte sonst ihre Atemzüge hören. Als sich ihre Augen auf die Dunkelheit einstellten, sah sie jemanden am

Boden kauern. Er lag dicht vor der gegenüberliegenden Wand und bewegte sich nicht.
Arthur! Und dann waren da zwei Kerle, die sich
über ihn beugten. Einer von ihnen wirkte grotesk
groß. Fast unmenschlich. Sein weißblonder Iro-
kesenschnitt leuchtete im schummrigen Licht der
Flurlampe. Der Riese versetzte Arthur einen Tritt
in den Bauch, der zweite Mann trat ihm fast
zeitgleich in den Rücken. Jane schrie auf. In ihrer
Panik griff sie nach der Axt, riss die Tür auf und
brüllte den Männern entgegen. Sie schrie so laut,
wie sie in ihrem gesamten Leben noch nie
geschrien hatte.

Der eine Kerl stolperte seitwärts und starrte
Jane mit aufgerissenen Augen an. Der Riese
hingegen rührte sich nicht von der Stelle. Jane
verstummte, aber ihr Schrei hallte noch immer
wie ein Echo in ihrem Kopf nach. Arthur lag
reglos am Boden und für einen kurzen, grausamen Augenblick lähmte sie die Vorstellung,
dass er hier an diesem Abend sterben könnte.
Ihre Finger verkrampften sich um den Griff der
Axt. Der Riese lachte auf, als würde ihn die Szene
amüsieren. Er zwinkerte Jane zu, dann spuckte er
auf Arthur, woraufhin auch der andere Mann
lachte. Die beiden nickten einander zu und
gingen wortlos weg.

Kaum dass sie um die Ecke gebogen waren, ließ Jane die Axt fallen. Sie sackte auf die Knie, legte die zitternde Hand auf Arthurs Hals und spürte den Puls. Er atmete. Vor Erleichterung schluchzte sie. »Arthur!« Sie rüttelte an seiner Schulter und blickte den Flur entlang, aus Angst, die Kerle könnten zurückkommen. Arthur stöhnte vor Schmerz.

»Steh doch auf«, drängte sie ihn und zerrte an seinem Arm, aber er gab nur einen gequälten Laut von sich. Hier auf dem Flur durfte er nicht liegen bleiben! »Kannst du aufstehen? Bitte!«, keuchte sie erschöpft.

»Klar doch«, murmelte er, rührte sich aber noch immer nicht. Jane sah ihn an und dachte daran, dass diese Schläger ihn vielleicht umgebracht hätten, wenn sie nicht dazwischengekommen wäre. Endlich zog Arthur das Bein an und drückte sich vom Boden hoch. Er bewegte sich wie in Zeitlupe. Viel zu langsam. Jane stützte ihn und seufzte vor Erleichterung, als er halbwegs aufrecht stand. Aus seiner Nase rann Blut. Kaum hatte er einen Fuß in die Wohnung gesetzt, ließ Jane ihn los, hob die Axt auf und war innerhalb von zwei Sekunden zurück an Arthurs Seite. Sie schlug die Tür mit dem Fuß zu und warf das Beil weg. Sie atmete heftig und es fühlte sich an, als hätte sie während der letzten Minute nicht ein einziges Mal Luft geholt.

Arthur taumelte Richtung Wohnzimmertisch, ließ sich davor zu Boden sinken und legte sich auf den Teppich. Jane schob den Türriegel vor und kniete sich dann neben ihn.

»Es geht mir gut«, sagte er mit geschlossenen Augen. »Nichts passiert.«

»Machst du Witze? Du bist halb tot und ich hätte um ein Haar Gehacktes aus diesen Kerlen gemacht«, entgegnete sie fassungslos. Ihre Stimme bebte. Das Blut aus seiner Nase lief die Wange hinab und sickerte in den Teppich. So viel Blut! Jane versuchte, es mit der Hand wegzuwischen, aber so verschmierte sie es nur über sein halbes Gesicht. Sie sprang auf, befeuchtete das Geschirrtuch unter dem Wasserhahn und tupfte Arthur vorsichtig damit ab. Als sie fertig war, griff er selbst nach dem Tuch und presste es sich gegen die Schläfe.

»Was waren das für Typen? Kommen die wieder?«

Arthur öffnete die Augen, sah Jane an. Sein Blick war jetzt klar. »Nein. Ich denke, die sind fertig mit mir.«

»Bist du sicher? Die haben dir hier aufgelauert, oder?«

»Ja.«

»Warum!?« Jane schrie ihm die Frage entgegen.

»Es sind Typen von der Arbeit. Wir hatten neulich eine Meinungsverschiedenheit. Dafür haben sie mir jetzt einen Denkzettel verpasst.«

Jane schüttelte fassungslos den Kopf. Eine Meinungsverschiedenheit? Warum brachte er sich nur in solche Schwierigkeiten? Wieso musste er sich ausgerechnet mit Bluthunden wie denen anlegen?

»Jetzt kuck nicht so.« Er tastete nach ihrer Hand und drückte sie fest.

Jane presste die Lippen aufeinander. Hoffentlich hatte er recht ... Hoffentlich waren die Kerle tatsächlich fertig mit ihm. Und hoffentlich steckte nicht mehr dahinter. »Wenn es Typen von der Arbeit sind, kannst du ihnen nicht mal aus dem Weg gehen! Was passiert, wenn du morgen wieder auf sie triffst?«

Arthur schwieg eine ganze Weile. Sein Finger strich über Janes Handgelenkknochen. »Den Job ...«, sagte er dann. »Den Job bin ich los.«

Jane wischte sich die Tränen aus den Augenwinkeln und schniefte. So schlimm es war, dass Arthur den Job verloren hatte, verspürte sie doch Erleichterung. Gut, dass er nicht mehr da hinmusste, wo diese Knochenbrecher arbeiteten.

Vermutlich war er gefeuert worden, weil er mit den beiden aneinandergeraten war. Vielleicht war das die ganze Zeit der Grund für sein eigenartiges Verhalten gewesen?

»Was soll ich mit dir machen?«, seufzte sie. »Lässt dich gleich zweimal in einer Woche verprügeln.«

Arthur lächelte, doch es schien ihm wehzutun. »Ich muss dir eben immer eine Nasenlänge voraussein, Janey.«

Aber sie konnte nicht lachen. Sie fiel ihm um den Hals und umarmte ihn ohne Rücksicht auf seine Blessuren. Er ächzte vor Schmerzen, aber er schlang die Arme ebenfalls um sie. Als ihr ein stechender Uringestank in die Nase stieg, machte sie sich von ihm los.

»Haben die Typen dich angepinkelt?«

Arthur breitete das blutbefleckte Handtuch aus und legte es sich übers Gesicht. »Ja. Meine Arbeitskollegen sind alle sehr kultiviert ... *Exkollegen*.«

16

Der folgende Tag brachte einen weiteren Hitzerekord. Am späten Nachmittag saß Arthur auf der Feuerleiter, rauchte und blickte auf die Straße hinunter. Der leichte Wind auf seinem Gesicht fühlte sich angenehm an, aber er trieb ihm auch den Abgasgestank des Feierabendverkehrs in die Nase. Ihm brummte der Schädel. Tysons Schlägertypen hatten ihm ziemlich zugesetzt. Zum Glück waren es letztlich bloß Prellungen. Die Gorillas sollten ihm wohl nur die Botschaft übermitteln, dass es gesünder war, die Sache ... den Mord ... zu erledigen. Arthur rieb sich die Augen und presste die leere Dose in seinen Fingern zusammen. Wie war er nur in diese Scheiße hineingeraten? Dabei hatte er in letzter Zeit versucht, sich Tyson gegenüber so distanziert wie möglich zu verhalten. Vielleicht war genau das der Auslöser gewesen, dass er ihn nun auf diese Weise in die Mangel nahm. Arthur ließ vorsichtig die Schultern kreisen. Seine Arm- und Rückenmuskeln brannten. Das waren nicht nur die Folgen der rohen Gewalt der Schlägerkerle. Er hatte darüber hinaus einen ganz trivialen Muskelkater vom Kistenschleppen auf der Arbeit. Seltsam, dass er ihn unter den anderen

Schmerzen so bewusst wahrnahm. Und irgendwie war es komisch, dass der Muskelkater sich ihm jetzt, zwei Tage nach der Kündigung, in seiner ganzen Härte aufdrängte, als wollte er auf seinem Recht bestehen, diesen Körper zu malträtieren. Ohne Rücksicht darauf, dass er bereits so sehr geschunden war. Doch auch die Schmerzen konnten Arthur nicht von seiner Angst ablenken. Verfluchter Tyson! Verfluchter Mordauftrag! Die Zeit lief ab. Morgen sollte es passieren, und selbst jetzt konnte sich Arthur nicht vorstellen, dass es tatsächlich dazu kam. Aber er sah auch keinen Ausweg. Vielleicht sollte er es mit klarem Verstand betrachten. Vielleicht sollte er sich bewusst machen, worauf es am Ende ankam: Das Wichtigste war, Jane nicht zu gefährden. Er musste sie da heraushalten, so lange es ging.

Er blickte über seine Schulter durchs offene Fenster ins Zimmer. Sie saß auf der Couch und blätterte in einer Zeitschrift, während mit leiser Lautstärke grellbunte Cartoons über den Fernsehbildschirm flackerten. Seit gestern war sie so verdammt still. Seit der Begegnung mit dem Dreckskerl, der sie angefasst hatte. Seit ihrem dummen Streit. Und seit dem Besuch der zwei Schlägertypen. Sie spürte vermutlich, dass der verlorene Job nur die halbe Wahrheit war.

Ein lautes Türklopfen holte Arthur aus seinen Gedanken. Jane riss den Kopf zu ihm herum und er sah die Angst in ihren Augen. Schnell kletterte er zurück in die Wohnung.

»Sind *die* das wieder?«, flüsterte Jane.

»Nein. Die kommen nicht mehr her«, sagte er entschieden, noch bevor er die Tür erreichte. Aber sein Puls raste. Wieso sollten sie nicht wiederkommen? Vielleicht war Tyson der Ansicht, sie seien gestern noch nicht deutlich genug gewesen. Und nun sollten sie ihm *unmissverständlich* klar machen, dass er den Mordjob keineswegs ausschlagen sollte. Was, wenn sie Jane wollten? Wenn sie sie mitnehmen und erst wieder freigeben würden, sobald er seinen Part erfüllt hatte?

Er atmete auf, als er das Gesicht des Hausmeisters durch den Spion erkannte. Obwohl das Auftauchen des Hausmeisters normalerweise nichts Gutes bedeutete, war er heute zum ersten Mal froh, ihn zu sehen.

Jane hatte unterdessen wieder das Beil genommen, hielt es umklammert und starrte Arthur panisch an.

»Pack das Ding weg. Es ist bloß Miller, der Hausmeister.«

Es klopfte ein weiteres Mal. Arthur wartete, bis

Jane die Axt in die Ecke gestellt hatte, dann zog er den Riegel zurück und öffnete die Tür.

»Ich bin hier, um euch zu sagen, dass in etwa einer Stunde im gesamten Haus das Wasser abgestellt wird. Dringende Reparaturarbeiten«, verkündete der Mann ohne eine Begrüßung. Er hatte nur zwei Knöpfe des fleckigen Hausmeisterkittels geschlossen und Arthur ging durch den Kopf, dass die Fülle seiner Wampe ihn vermutlich daran hinderte, die anderen zu schließen. Miller trat nicht oft in Erscheinung, aber wenn, dann schien er jedes Mal noch ein wenig korpulenter geworden zu sein. Sein dichtes ergrautes Haar war an den Schläfen feucht und auf der schlechtrasierten Hautpartie über seinen Lippen glänzten Schweißperlen.

»Richtet euren Eltern aus, dass das Wasser frühestens Freitag wieder läuft. Wenn ihr vorübergehend bei Verwandten oder Freunden unterkommen könnt, macht das. Ansonsten rate ich euch, noch schnell ein paar Kannen oder Eimer mit Wasser zu füllen.« Die Art, wie Miller die Ansprache herunterleierte, ließ darauf schließen, dass er sie in genau demselben Wortlaut an diesem Nachmittag schon ein Dutzend Mal vor anderen Mietern vorgetragen hatte.

»Bis Freitag? Das ist in vier Tagen! Was soll

der Mist?«, schimpfte Arthur.

»Wie gesagt, Junge, dringende Reparatur-arbeiten.« Der Hausmeister sah ihn mit gleichgültiger Miene an. Dann reckte er den Hals, um einen Blick in die Wohnung zu erhaschen. Als er das Chaos im Hintergrund entdeckte, schüttelte er abfällig den Kopf. Dann machte er auf dem Absatz kehrt und trottete weiter. Arthur knallte die Tür zu.

»Kann die Woche eigentlich noch beschissener werden?«, stöhnte er.

Jane sah ihn ratlos an und zuckte mit den Schultern. Aber dann veränderte sich ihr Gesichtsausdruck plötzlich und ein Lächeln legte sich auf ihre Lippen. »Ich dusche zuerst!«, rief sie. Bevor Arthur verstand, was sie vorhatte, sah er sie Richtung Badezimmer rennen. Auf halbem Weg drehte sie sich zu ihm um, als wollte sie prüfen, ob er ihr auf den Fersen war. In dem Moment setzte er sich in Bewegung und Jane stieß einen grellen Schrei aus. Lachend huschte sie ins Bad und warf die Tür zu, sodass Arthur dagegen prallte.

»Mach auf, Jane! Ich trete die Tür ein, ich schwör's!« Er trommelte gegen das Holz.

»Selbstverständlich mach ich auf! Sobald ich mit meiner Dusche fertig bin«, rief Jane von drinnen. Dann hörte er den Wasserhahn laufen.

»Du bist so was von erledigt!«, brüllte Arthur.

Sekunden später öffnete sie die Tür ein paar Zentimeter, grinste ihn durch den Spalt hindurch an und streckte ihm die Zunge heraus. Lachend versuchte sie, ihn daran zu hindern, ins Badezimmer einzudringen. Kaum hatte er sich Zutritt ins Bad verschafft, riss er sich das Shirt vom Leib und öffnete den Gürtel seiner Jeans. »Nein!«, kreischte Jane und versetzte ihm einen Schubs. »Ich bin zuerst an der Reihe!« Um ihm zuvorzukommen, stieg sie so, wie sie war, in die Wanne und stellte sich unter den Wasserstrahl. Einen Moment sah Arthur verblüfft dabei zu, wie das Wasser ihr Haar, ihr Kleid und die Strumpfhosen binnen Sekunden durchnässte. Er schüttelte den Kopf über ihre Verrücktheit. Jane drehte den Hahn noch etwas weiter auf, justierte die Temperatur, griff zur Shampooflasche und kippte sich hastig eine übermäßig große Portion davon auf die Handfläche. Eine Melodie summend begann sie, sich die Haare einzuschäumen. Inzwischen hatte es Arthur geschafft, sich vollständig auszuziehen. Er stieg zu ihr in die Wanne und bog den Duschkopf in seine Richtung, sodass Jane kein Wasser mehr abbekam.

»Hey, du Störenfried!«, empörte sie sich,

streckte sich, aber sie war nicht groß genug, um den Duschkopf zu fassen zu bekommen. Sie rutschte aus und fand gerade noch Halt am Wannenrand. Arthur lachte. Er griff in ihr Haar, stahl ihr eine Portion des Schaums und massierte ihn in seine eigenen Haare ein. Jane knurrte ihn an. Dann drehte sie den Warmwasserhahn ab und Arthur keuchte, als ihm plötzlich kaltes Wasser über den Körper lief. Er packte Jane und zog sie zu sich heran, nahm sie in den Schwitzkasten und freute sich, als sie aufschrie und hilflos versuchte, sich aus seinem Griff zu befreien. »Die Erfrischung tut gut, oder?«

Nach Luft schnappend gab Jane den Widerstand auf und Arthur ließ sie los. Er justierte die Wassertemperatur auf ein angenehm warmes Niveau und neigte den Duschkopf wieder ein Stück in Janes Richtung, damit sie beide Wasser abbekamen. Nachdem sie ihr Haar ausgespült hatte, half er ihr, den Reißverschluss des Kleides zu öffnen und die nassen Sachen abzustreifen. Er verkniff es sich, sie einen Kindskopf zu nennen, weil er das zarte Band des Friedens nicht gleich wieder aufs Spiel setzen wollte.

17

Obwohl Jane dicht neben ihm auf der schmalen Kneipenbank saß und er ihr Knie unter seiner Hand spürte, kam es Arthur vor, als wäre sie in Wahrheit weit entfernt. Sie trug sein rotschwarz-kariertes Flanellhemd anstelle einer Jacke. Die Farben waren ausgeblichen und der Stoff an einigen Stellen durchgewetzt, aber Arthur liebte es, wenn sie das Hemd trug. Es gab ihm stets das Gefühl, ihr nahe zu sein, und er glaubte, dass Jane das auch so empfand. Doch heute war alles anders. Da war eine dicke unsichtbare Mauer, die sie voneinander trennte, wegen dieser Sache, die er vor ihr verheimlichte.

Es war Janes Vorschlag gewesen, in die Kneipe zu gehen. Vermutlich hatte sie die bedrückende und angespannte Atmosphäre nicht länger ertragen. Arthur hoffte, dass der Kneipenbesuch ihn ein wenig von den Gedanken an morgen ablenken konnte. Er hatte auf *Samys Bar* bestanden. Um herzukommen mussten sie zwar eine halbe Meile weiter die Hauptstraße hinunterlaufen, aber in Noahs Kneipe war die Gefahr zu groß, Tyson anzutreffen.

Auch Jane schien irgendwie erleichtert gewesen zu sein, die Wohnung verlassen zu können.

Inzwischen saßen sie schon eine Stunde hier und sie nippte so langsam an ihrem Bier, als wollte sie die ganze Nacht bleiben. Ertrug sie das Alleinsein mit ihm nicht mehr? In letzter Zeit fragte sich Arthur das öfter. Dass sie die Gesellschaft anderer suchte und zu brauchen schien, beunruhigte ihn. Nicht nur, weil jeder Kontakt eine neue Gefahr darstellte, dass die Wahrheit über ihre Eltern herauskam. Es bereitete ihm einfach Sorgen, wie durchlässig die Hülle der kleinen Welt wurde, die er und Jane sich geschaffen hatten.

Jane führte das Glas an ihren Mund und gab vor, zu trinken, doch als sie es wieder absetzte, war es noch genauso voll wie zuvor. Arthur drängte sie nicht, auch wenn das harte Kunststoffpolster der Sitzbank allmählich unbequem wurde. Jane wirkte abwesend. Sie schien in ihren Gedanken versunken zu sein, während sie die wenigen übrigen Kneipengäste beobachtete. Er hätte gern gewusst, was in ihrem Kopf vor sich ging. Ob sie sich fragte, was für Menschen diese Fremden waren. Ob sie sich wünschte, mit einigen von ihnen in Kontakt zu kommen, Freundschaften zu schließen. Oder ob sie an Nicolas dachte. Arthur wusste es nicht. Er wollte, dass alles wie früher wurde. Dass er und Janey in Ruhe leben konnten, ohne all die Probleme und ohne Menschen, die ihren Frieden störten. War der Mord, den er morgen für Tyson ausführen sollte, der Preis, den er dafür zahlen musste? Noch immer war er nicht imstande, sich vorzustellen, dass es passieren würde. Es war, als geschähe das alles nicht wirklich. Vielleicht würde er gleich aus diesem Albtraum erwachen und sein Leben wäre wieder dasselbe wie vor einer Woche.

Plötzlich sank Jane neben ihm zusammen, als wollte sie von der Bank unter den Tisch rutschen.

»Was ist los?«

»Lindsay. Da hinten.« Sie fixierte eine Gruppe von Mädchen, die sich gerade laut schnatternd am anderen Ende des Kneipensaals an einem Tisch niederließen. Es waren oberflächliche, dumme Gänse, das erkannte Arthur sofort. Und Janes Reaktion nach handelte es sich wahrscheinlich um die Mädchen, die ihr das Leben in der Schule so schwer machten. Er verspürte augenblicklich eine tiefe Verachtung für sie, obwohl er sie bis vor ein paar Sekunden noch nie gesehen hatte.

»Lass uns lieber gehen, okay?« Jane schob ihn fast von der Bank.

»Okay«, seufzte er, dabei war er ganz froh über den überhasteten Aufbruch.

Vor der Kneipe stolperte Jane beinahe über ein paar Obdachlose, die direkt neben der Tür aneinandergedrängt auf dem Bürgersteig lagen und schliefen. Sie erschrak und blickte einen Moment lang stumm auf die reglosen Gestalten. Sie waren nichts Besonderes. Jane war damit aufgewachsen, dass es an jeder Ecke Bettler und Penner gab, die nicht mal einen Unterschlupf zum Übernachten hatten, aber dennoch rührte es sie immer wieder aufs Neue. Als würde sie in dieser Beziehung nie abstumpfen, nicht so wie all die anderen Passanten, die vollkommen gleichgültig an diesen Menschen vorbeigingen.

»Warum liegen die so dicht zusammengedrängt beieinander? Es ist doch viel zu warm heute Nacht?«, fragte sie, nachdem sie sich ein Stück entfernt hatten.

Arthur nahm ihre Hand. »Auf die Weise sind sie sicherer vor Räubern und Angreifern. Andererseits kam es schon vor, dass ganze Gruppen schlafender Obdachloser mit Benzin übergossen und angezündet wurden.«

Jane sah ihn so schockiert an, dass Arthur den letzten Satz bereute.

»Wer macht so was?«

Er zuckte mit den Schultern. »Die Typen von der Straßenreinigung«, scherzte er, aber Janes

Gesicht blieb ernst. Dabei wollte er sie lachen sehen. Sie sollte sich keine Gedanken über die dreckige Welt machen.

»Ich will zur Brücke«, sagte sie unvermittelt. Es war schon spät. Morgen musste sie zur Schule, aber Janes Blick verriet Arthur, wie ernst es ihr war. Sie sah so niedergeschlagen aus, dass es ihm körperlich wehtat. Inzwischen passierte es nicht mehr oft, aber von Zeit zu Zeit überkam sie dieses tiefe Gefühl von Traurigkeit. Dann vermisste sie ihre Eltern so sehr, dass es sie zur Brücke zog, um ihnen näher zu sein. In diesen Momenten spielte es keine Rolle, ob es tags oder mitten in der Nacht war.

Die Brücke war so entlegen, dass sich dort kaum eine Menschenseele hinverirrte. Früher, bevor die Bahnstrecke gekappt worden war, war die Eisenbahnbrücke die schnellste Verbindung zu den angrenzenden Ortschaften gewesen. Doch dann wurde sie marode und eine teure Restauration kam für die Stadt nicht infrage. Die Stilllegung lag höchstens zehn oder elf Jahre zurück, aber die Natur hatte sich dieses Areal längst zurückerobert. Zwischen den verrosteten Schienen wucherte hohes Gras. Der kleine Kiosk war irgendwann angezündet worden und abgebrannt. Der Fluss, der unter der Brücke verlief, würde eines Tages versiegen, doch bis es so weit war, spülte er tagein, tagaus den Dreck der Stadt hier an.

Das alte Bahnhofsgebäude, vor dem einst die Züge gehalten hatten, war ebenfalls ausgebrannt und glich heute einer Ruine. Sie stand ein paar hundert Meter von der Brücke entfernt und war von Moos und Pflanzen übergezogen.

Obwohl es noch die Autostraße gab, schien die Stadt seit der Brückenstilllegung von der Außenwelt abgeschnitten zu sein. Arthur kam es jedenfalls so vor, als würde niemand je die Ortschaft verlassen und als würden nie Fremde hineinkommen.

Es war so finster, dass Jane und er achtgeben mussten, nicht über Müll oder Gestrüpp zu fallen. Sie duckten sich unter der rostigen Kette hindurch, an der ein verwittertes Absperrungsschild baumelte. Die Aufschrift *Betreten verboten – Einsturzgefahr* war ausgeblichen und die Buchstaben konnte man kaum noch lesen. Immer, wenn er mit Jane hier an diese Stelle der Brücke kam und das Schild sah, stellte er sich vor, sie würde tatsächlich plötzlich einstürzen. Unter ihnen ging es am tiefsten Punkt etwa zwanzig Meter abwärts. Dort, in der Schlucht, wo der Fluss vor lauter Dreck fortwährend dunklen Schaum produzierte, wartete der sichere Tod. Selbst, wenn sie den Sturz ins Wasser überlebten, würden die Trümmer und Balken der Brücke sie eine Sekunde später unter sich begraben. Jane hielt seine Hand, wie sie es jedes Mal tat, wenn sie hier waren. Doch heute fühlte sich ihre Berührung eigenartig an. Intensiver als sonst. Und erst jetzt wurde ihm bewusst, wie sehr Jane ihm tatsächlich gefehlt hatte. Seit ihrem Streit vor ein paar Tagen, nachdem sie mit Nicolas unterwegs gewesen war. Eigentlich schon seit Monaten. Er konnte nicht verhindern, dass Janey langsam erwachsen wurde. Dass sie Dinge mit sich selbst ausmachen wollte, ohne ihn an jedem ihrer Gedanken teilhaben zu lassen, und dass sie andere Menschen in ihrem Leben brauchte. Warum konnten sie nicht einfach für alle Ewigkeit zu zweit in ihrem kleinen Mikrokosmos bleiben? Sie waren doch immer glücklich gewesen, bevor alles so kompliziert geworden war. Tyson, die Schule, die ganze verfluchte Außenwelt ... Arthur versuchte, die Gedanken zu verdrängen. Wenigstens heute Nacht wollte er all das nicht in seinen Kopf lassen.

Sie setzten sich an dieselbe Stelle wie immer. Dort, wo ein Teil der Brüstung fehlte. Sie hockten sich auf den Boden und ließen die Beine hinabbaumeln. Arthur bedauerte es, dass Jane seine Hand wieder losgelassen hatte. Unter ihnen hörte er das leise Plätschern. Wenn es längere Zeit geregnet hatte und der Fluss mehr Wasser führte, klang das Rauschen lauter und gefährlicher als heute Nacht.

Jane sprach kein Wort. Natürlich machte das die Brücke. Hier war Janey immer still. Aber jetzt ertrug Arthur das Schweigen zwischen ihnen mit jeder Sekunde weniger. Er war sicher, dass ihr tausend Gedanken im Kopf herumgingen. Gedanken, die sie nicht mit ihm teilte.

»Wie geht es Nicolas?«, fragte er, dabei war Nicolas so ziemlich das letzte Thema, worüber er reden wollte.

Jane warf ihm einen skeptischen Blick zu. »Wieso fragst du?«

»Ich werd doch fragen dürfen? Er ist immerhin dein neuer Kumpel oder so etwas.«

Jane rollte mit den Augen. »Und du kannst ihn nicht leiden.«

Arthur wartete, bis sie ihn wieder ansah. »Ich hab Angst, dass er dir irgendwann näherkommt, als wir es uns sind«, sagte er dann leise.

»Das kann niemals passieren«, antwortete sie mit fester Stimme.

»So? Habt ihr euch zum Beispiel schon geküsst?« Er zwang sich zu einem Grinsen, als würde er scherzen, aber seine Worte hatten aggressiv geklungen.

»Nein. Was für eine blöde Frage ... Ich hab Nicolas nur zweimal in meinem ganzen Leben gesehen!«

Die ehrliche Empörung in ihrer Stimme hätte ihn eigentlich beruhigen müssen. Aber er fühlte diese Erleichterung nicht. »Hast du's vor? Dich von ihm küssen zu lassen?«

Jane presste wütend die Lippen aufeinander, aber dann kicherte sie plötzlich und verbarg das Gesicht in ihren Händen. »Nein! Quatsch!« Ihre Verlegenheit versetzte ihm einen Stich und das schmerzhafte Gefühl tiefer Sehnsucht schien sein Herz zusammenzudrücken.

»Nicolas und ich sind ganz normale Freunde. Du hast schließlich auch Freunde«, sagte sie.

»Freunde? Sprichst du von Arnie, Dave und Fish? Die saufen sich jede Nacht ins Koma und stinken zum Himmel, weil sie sich nie waschen. Und die kennen nicht mal meinen Nachnamen.« Arthur seufzte und rieb Jane über den Rücken. »Der Typ stört unser Gleichgewicht, Janey. Wir zwei können nur einander vertrauen und sonst niemandem.« Er fand, dass seine Worte dumm klangen, aber es war die Wahrheit. Jane nickte stumm. Ihr Lachen war verschwunden.

Ein paar Minuten lang saßen sie schweigend nebeneinander. Arthur beobachtete, wie ihre Füße langsam in der Luft kreisten. Plötzlich packte ihn die Angst, dass Jane fallen und in die Tiefe stürzen könnte. Jetzt, da sie seine Hand nicht mehr hielt, würde sie im dunklen, kalten Nichts versinken und ihn allein zurücklassen.

»Weißt du was? Ich hasse die Welt. Sie ist grausam.« Ihre Stimme bebte. »Alles ist so kompliziert und brutal und schmutzig. Die Menschen, jedenfalls die allermeisten, sind richtig gemein. Denkst du, das kommt von der Armut und weil die Stadt so kaputt und voller Müll ist?«

Arthur musste grinsen. »Spielt keine Rolle. Ich scheiß auf die Menschheit.«

Jane sah ihn fragend an. Dann seufzte sie, beugte sich vor und blickte hinab in den Fluss.

»Warum machst du dir darüber Gedanken?«

Sie antwortete ihm nicht.

»Was ist denn jetzt wieder los? Geht es immer noch um Nicolas? Mann, Jane, ich will dir keine Freundschaften verbieten, aber …«

»Okay«, schnitt sie ihm das Wort ab. Dann schwieg sie erneut.

»Nicolas mag ja vielleicht nett sein, aber wir

brauchen ihn nicht. Wir brauchen niemanden. Uns muss die ganze beschissene Welt nicht interessieren. Sie interessiert sich auch nicht für uns.«

»Dieser Wurm da interessiert sich, wie's aussieht, aber brennend für dich.« Jane kicherte und tippte auf Arthurs Handrücken. Als er die dünne Raupe sah, die gerade versuchte, auf seine Hand zu kriechen, zuckte er und schnipste sie über den Abgrund. Dann rieb er den Handrücken an Janes Hemdärmel ab. Sie lachte und beugte sich ein Stück von ihm weg. Ihr Lachen war schon immer das Beste gewesen. Das, was ihn am Leben hielt.

In seinem Kopf hörte er einen leisen Countdown. Was, wenn die Zeit, die ihnen beiden blieb, bald abgelaufen war? »Tut mir leid, dass ich dir nicht gleich von meinem Rauswurf im Lager erzählt hatte«, sagte er. Wieso fing er jetzt damit an? Weil er den starken Drang verspürte, ihr *alles* zu sagen. Aber die Sache mit Tyson konnte er nicht erzählen.

»Ich hab sofort gemerkt, dass etwas nicht stimmt«, antwortete sie. »Haben wir jetzt bald kein Geld mehr?« Sie legte die Hand auf sein Knie und er spürte die Wärme und den leichten Druck durch den Stoff hindurch.

»Ich hab schon ein paar neue Jobs in Aussicht. Alles im grünen Bereich.«

Jane nickte und lehnte den Kopf an seine Schulter. »Nächstes Mal sprechen wir gleich miteinander, wenn einer von uns Sorgen hat.«

»Okay«, flüsterte Arthur. Er blickte auf ihre zarten Finger, die über sein Knie strichen und stellte sich vor, wieder ihre Hand zu nehmen. Er stellte sich vor, wie er sie ganz fest umklammerte.

Er stellte sich vor, wie er und Jane aufstanden und dann gemeinsam von dieser Brücke sprangen. Egal, was für eine Welt nach dem Tod auf sie wartete – wenn er Janes Hand nur fest genug hielt, würden sie dort zusammen sein. Er versuchte, den Gedanken zu vertreiben, doch in seinem Kopf zählte die leise Stimme langsam und unablässig abwärts.

18

Arthur hatte versagt. Er war nicht dazu fähig gewesen, den Mann umzubringen. Obwohl er ein Fremder war und keineswegs Mitgefühl in ihm geweckt hatte. Ein kahlköpfiger, abgehalfterter, ungepflegter, alter Sack. Das Musterbeispiel eines Verlierertyps. Arthur war ihm nicht einmal nah genug gekommen, um den beißenden Gestank aus Dreck und Wochen altem Schweiß wahrzunehmen, der ihn zweifellos umgab.

Eine Ewigkeit hatte Arthur bewegungslos in seinem Versteck hinter einem ausgebrannten Bus gestanden, das Messer in der Jackentasche mit schwitzigen Fingern umklammernd, und dem Mann zugesehen, wie er eine Schnapspulle leerte und eine halbe Schachtel Zigaretten rauchte. Der Kerl hockte währenddessen seelenruhig auf einer rostigen Kiste an die Rückwand seines heruntergekommenen Hauses gelehnt. Die Umgebung glich einer Müllkippe. Der Mann musste sein halbes Leben dafür aufgewendet haben, das alles zusammenzutragen. Vermutlich schlachtete er die kaputten Wagen und Geräte aus, um die brauchbaren Teile für ein paar Dollar zu verschachern.

Er schien krank zu sein. Jedes Mal, wenn er hustete, klang es, als wäre er kurz davor, die Eingeweide aus sich heraus zu speien. Er war nichts weiter als ein namenloser, stinkender Brocken Fleisch, und je länger Arthur darüber nachdachte, desto sicherer war er, dass Tyson ihn gerade deshalb ausgewählt hatte. Als Testobjekt für einen Mord, der nüchtern betrachtet keine besondere Herausforderung darstellte. Das war die Bewährungsprobe. Und selbst, wenn sich Arthur dabei dämlich angestellt und Spuren hinterlassen hätte, wäre das Risiko nicht besonders hoch gewesen. Keiner würde sich die Mühe machen, die Hintergründe des Mordes an einem wie dem genauer zu beleuchten. Hätte Arthur es durchgezogen, hätte er die Leiche einfach unter den Schrotthaufen aus alten Wagenteilen hinter dem Haus stopfen müssen, wo sie unbemerkt verrottet wäre.

Aber er hatte den Typen nicht getötet und wenn er das Tyson beichtete, war er vermutlich selbst geliefert! Andererseits hätte der Mord nicht bedeutet, dass er und Jane vor Tyson sicher gewesen wären. Sie wären nur noch fester in seine Klauen geraten. Arthur hatte das Richtige getan! Oder, besser ausgedrückt, *nicht* getan. Doch wie würde Tyson gleich reagieren, wenn er ihm Bericht erstattete? »Augen zu und durch«, sagte er leise zu sich selbst, als er die Kneipe betrat.

*

Während Arthur auf Tyson wartete, hatte er noch immer keine Ahnung, wie er es ihm sagen sollte. Vielleicht würde es ja auch ganz einfach werden und Tyson sah ein, dass Mord nun einmal eine Nummer zu groß für ihn war. Möglich, dass er das akzeptierte und ihn in Zukunft mit solchen Dingen in Frieden ließ. Aber Arthur kannte ihn lange genug, um zu wissen, dass sein Rückzieher von heute auf jeden Fall Folgen haben würde. Und wahrscheinlich bereute er es bald, den Mann nicht einfach umgelegt zu haben. Er hatte keine Angst um sich selbst. Doch da war Jane. Das Einzige, das ihm etwas bedeutete. Und niemand wusste das so gut wie Tyson.

In der Kneipe war es heiß und stickig. Arthur wischte sich die Haare aus der Stirn und presste das kühle Bierglas an seine Schläfe. Nachdem er ausgetrunken hatte, hob er die Hand und orderte ein weiteres. Die Kneipe war leer, deshalb dauerte es keine zwei Minuten, bis Noah es ihm brachte.

»Was ist los? Siehst ganz schön kaputt aus. Bist

wohl von irgendeiner Schlampe versetzt worden«, meinte Noah, während er halbherzig den
Nebentisch abwischte. Er klang so gelangweilt,
als wäre es ihm im Grunde gleichgültig, warum
Arthur seit einer geschlagenen Stunde allein in
der Kneipe saß.

»Nein. Ich warte auf Tyson.«

Noah hielt inne und sah ihn unverwandt an.

»Was?« Arthur nahm sich vor, Noah schnell
wieder abzuwimmeln und sich nicht in ein
Gespräch mit ihm verwickeln zu lassen.

»Willst du mich verarschen? Hast du das mit
Tyson noch nicht gehört?«

Plötzlich war Arthur hellwach. »Was soll ich
gehört haben?«

»Na, dass er vom Laster überrollt wurde.
Gestern Morgen schon. Du musst es doch gehört
haben! Ich dachte, der ist ein Verwandter von dir
oder so was.«

»Tyson ist tot?«, fragte Arthur ungläubig. Er
spürte, wie ihm der Schweiß ausbrach.

Noah schüttelte den Kopf. »Noch nicht, soweit
ich weiß. Aber viel ist nicht von ihm übrig. Hab
gehört, die Überlebensaussichten sind mau.«

Arthur konnte nichts erwidern. Sein Gehirn
schien mit der Frage überlastet zu sein, ob er sich
Noahs Worte gerade nur einbildete. Vielleicht

fantasierte er aus der Verzweiflung heraus. Womöglich erzählte Noah auch Quatsch und das Gerücht stimmte nicht. Vielleicht kam Tyson gleich quicklebendig mit seinen zwei Gorillas hier hereinmarschiert und die drei rissen ihn in Stücke. Aber es konnte wahr sein ... Tyson war in der Stadt bekannt und wenn ihm etwas Derartiges passierte, sprach sich das in einer Kneipe wie dieser herum.

»Unfassbar, dass du's noch nicht wusstest. Hast du die letzten Tage zugedröhnt in der Ecke gelegen?«

»So was in der Art«, murmelte Arthur. Noah runzelte die Stirn, wischte sich mit dem Lappen den Schweiß aus dem Nacken und schlurfte zurück zum Tresen.

Erst auf dem Heimweg begriff Arthur langsam, was Tysons Unfall bedeutete. Wenn es ein *Unfall* war ... konnte gut sein, dass ihn irgendwer absichtlich über den Haufen gefahren hatte. Dieser Jemand hätte damit vielen Leuten einen Gefallen getan. Allen voran ihm.

Langsam spürte er, wie die Anspannung der vergangenen Tage von ihm abfiel. Er zitterte und jede Zelle seines Körpers schien zu vibrieren. Unglaublich, wie sich alles an nur einem Tag verändern konnte. Vor ein paar Stunden noch war er kurz davor gewesen, einen Mann umzubringen. Aus Angst vor Tyson. Manchmal lösten sich die schlimmsten Probleme in nichts auf. Aber tief in seinem Inneren regte sich ein Zweifel. Eine Stimme, die ihm zuflüsterte, dass es im Leben nicht so lief. Was, wenn Tyson zurückkam? Arthur schob die Bedenken beiseite. Er beschleunigte seine Schritte, bis er schließlich rannte. Wie ein Gejagter hastete er die Straße entlang. Er wollte nur noch nach Hause zu Jane.

19

Als er zu Hause ankam, war Jane nicht allein. Nicolas stand im Wohnzimmer. Er trug seine Jacke, also schien er gerade erst aufgekreuzt zu sein. Was zum Teufel wollte er hier?

»Hi«, begrüßte Arthur ihn knapp. »Was gibt's denn so Dringendes, dass du bei uns auftauchst?« Ob er wegen Jane gekommen war? Mit Sicherheit!

Der Junge räusperte sich und fuhr sich ein paarmal durchs Haar, als wollte er die Frisur in Ordnung bringen. Dabei ließ sein spießig akkurater Kurzhaarschnitt gar nicht zu, dass auch nur eine einzige Strähne aus der Reihe tanzte. »Es gab einen Zwischenfall. Heute auf der Arbeit.«

»Aha«, antwortete Arthur gleichgültig und ging zum Sofa. Unter seinem Shirt hatte sich Schweiß gebildet. Nachdem er so schnell gelaufen war, erschien ihm die aufgeheizte Wohnung wie eine Sauna. Als er sich die Jacke auszog, rutschte ihm das Messer aus der Tasche und landete auf dem Teppich. Rasch schob er es mit dem Fuß unter den Tisch. Dann ließ er sich in die Mitte des Sofas fallen. Auf diese Weise blieb rechts und links so wenig Platz, dass Nicolas sicher nicht auf die Idee kam, sich dazuzusetzen. Arthur dachte nicht daran, ihm wegen dieses Zwischenfalls Fragen zu stellen. Warum wusste Nicolas überhaupt darüber Bescheid, was in Jacksons Lagerhalle passierte? Er arbeitete dort schließlich auch nicht mehr. Nur dass er im Gegensatz zu Arthur freiwillig die Segel gestrichen hatte.

»Erzähl uns, was los war!«, forderte Jane ihn auf und lächelte erwartungsvoll.

Nicolas nickte ihr zu und wandte sich dann an Arthur. Das Schauspiel der beiden wirkte irgendwie einstudiert. Wahrscheinlich war Jane schon eingeweiht, weil er ihr die Neuigkeit bereits verraten hatte.

»Mr. Jackson hat mich gebeten, mit dir zu sprechen«, begann Nicolas. »In der Lagerhalle geht es drunter und drüber. Es gab einen Aufstand!« Dann machte er eine Pause, und als Arthur noch immer kein Interesse zeigte, redete er weiter. »Heute haben gleich vier Männer das Handtuch geworfen. Vorher haben sie noch den Kopierer im Personalbüro kurz und klein geschlagen, weil der Sachbearbeiter nicht ausreichend Bargeld hatte, um ihnen sofort ihren Lohn auszuzahlen.«

Arthur seufzte. »Was hat das mit mir zu tun? Und was hast du überhaupt noch mit dem verdammten Jackson-Lager zu schaffen?«

»Ich bin eigentlich nur noch einmal kurz da hin, weil ich Mr. Jackson um eine Arbeitsbeurteilung bitten wollte. So etwas ist sehr hilfreich, wenn man sich um einen neuen Job bewirbt, weißt du?«

Arthur nickte. »Okay«, sagte er, damit Nicolas nicht noch weiter ausholte.

»Jedenfalls kam ich gar nicht dazu, Mr. Jackson nach der Beurteilung zu fragen. Er war völlig aufgelöst. Ich glaube, er hatte einen Nervenzusammenbruch, aber damit kenne ich mich nicht aus.«

Arthur spürte, wie sehr er die Kiefermuskeln anspannte.

»Was ist denn genau passiert?«, wollte Jane wissen. Bravo, Jane.

»Die Männer waren unzufrieden mit der Höhe ihres Lohns und verlangten eine Aufstockung«, antwortete Nicolas. »Sie haben sich zusammengetan und auf Mr. Jackson eingeredet. Und weil er nicht auf die Forderungen einging, sind sie handgreiflich geworden.« Er redete mit Jane in einer Tonlage, als hätte er es mit einer Fünfjährigen zu tun. Und sie sah ihn aus großen Augen an und hörte ihm gebannt zu.

»Jackson lässt seine Arbeiter für einen Hungerlohn schuften«, mischte sich Arthur ein. »Im

Ernst, das ist Ausbeutung! Ein Wunder, dass dem Sklaventreiber nicht schon früher die Fresse poliert wurde.«

Daraufhin zuckte Nicolas mit den Schultern und fuhr fort. »Die Männer haben sogar versucht, den Safe aufzubrechen, aber das hat nicht funktioniert. Mr. Jackson wollte ihnen den Zahlencode nicht verraten, und bevor sie die Kombination aus ihm herauspressen konnten, ist er ihnen entwischt. Durchs Fenster, mit ausgekugeltem Arm.«

»Wow, unfassbar!«, kommentierte Jane. Sie rutschte auf dem Teppich ein Stück näher an Nicolas heran.

»Nachdem nun die halbe Mannschaft weggebrochen ist, befindet sich Mr. Jackson ab Montag in einer Notlage. Ihm fehlen Arbeiter. Er hat mich förmlich angefleht, wieder bei ihm anzufangen, aber ich hab abgelehnt. Ich bin einfach nicht geschaffen für den Job. Ich werde mich wohl mal in der Supermarktfiliale am Südrand vorstellen. Hab gehört, die suchen Packer. Das wird zwar noch schlechter bezahlt, aber es ist längst nicht so anstrengend wie bei Mr. Jackson.«

Die Finger ins Sofapolster gekrallt, sah Arthur genervt zur Decke. Nicolas räusperte sich, als hätte er plötzlich begriffen, dass sein Bericht zu ausschweifend war.

»Jedenfalls ... also, weshalb ich hier bin ... Ich hab Mr. Jackson erzählt, dass ich noch Kontakt zu dir habe.«

»Hm.« Arthurs Magen zog sich zusammen. *Kontakt?* Seltsamer Ausdruck dafür, dass er sich an Jane ranmachte.

»Ich soll dich von ihm bitten, wieder für ihn zu arbeiten. Sofort ab Montag. Er würde dir auch mehr zahlen als bisher.«

»Wie viel mehr?«

Nicolas räusperte sich wieder und machte ein betroffenes Gesicht. »Hab ich nicht gefragt«, antwortete er kleinlaut.

»Das ist doch scheiße«, stöhnte Arthur.

»Klingt überhaupt nicht scheiße!«, fand Jane. »Du bekommst den Job wieder und dazu mehr Geld, das ist doch super!«

Arthur schüttelte den Kopf. »Der Sklaventreiber muss wirklich verzweifelt sein.«

Nicolas nickte. »Er hat sogar geweint.«

Arthur war nicht sicher, ob Nicolas mit dem Weinen die Wahrheit sagte, aber die Vorstellung, dass sein Exboss, der ihn bis vor Kurzem noch herumkommandiert und wie Dreck behandelt hatte, wimmernd am Boden lag, gefiel ihm.

»Ich mach's, wenn er mir fünfundzwanzig Prozent mehr zahlt«, sagte Arthur, als könnte Nicolas das entscheiden. Jane klatschte begeistert in die Hände. Dann strahlte sie Nicolas an. Den wunderbaren Überbringer guter Nachrichten. Er wirkte jetzt, da Arthur eingewilligt hatte, Jackson noch eine Chance zu geben, erleichtert. Vermutlich wäre er am Ende sogar doch noch bereit gewesen, selbst wieder bei Jackson auszuhelfen und den Halsabschneider aus der Misere zu retten.

Arthur nahm die Fernbedienung und zappte durch die Kanäle, um Nicolas zu signalisieren, dass die Unterhaltung für ihn beendet war. Er spürte Janes Blick und er wusste, dass es ihr unangenehm war, wie abweisend er sich Nicolas gegenüber verhielt. Wo er doch extra herkommen war, um die Sache mit dem Job zu vermitteln. Insgeheim war Arthur froh über die Chance. Diesmal würde er sich zusammenreißen und sich bei Jackson im Lager durchbeißen, selbst, wenn sich das mit der Lohnerhöhung als Lüge herausstellen sollte. Ihm ging durch den Kopf, dass er heute eine echte Glückssträhne hatte. Fast zu gut, um wahr zu sein. Aber Nicolas gegenüber musste er seine Freude ja nicht zeigen.

Aus irgendeinem Grund machte Nicolas keine

Anstalten zu gehen. Er stand nur da wie ein Trottel und Arthur zählte insgeheim die Sekunden, die es dauern würde, bis er sich endlich rührte und einen Abflug machte. Jane stand auf, weil sie wohl spürte, dass der Moment des Abschieds gekommen war. Ihr Blick huschte kurz zu Arthur, dann zurück zu Nicolas. Erwartete der Idiot erst einen Abschiedskuss, bevor er endlich ging?

»Willst du was trinken? Bier? Cola?«, fragte Jane schließlich, weil sie den zähen Moment der Stille wohl nicht länger ausgehalten hatte, und lief zum Kühlschrank.

»Danke ... Eigentlich muss ich gleich wieder los. Bin ziemlich erledigt.«

»Für unterwegs«, sagte Jane freundlich und drückte ihm eine Limo in die Hand. Arthur war erleichtert. Der Wink von Jane war wohl deutlich genug. Jetzt würde Nicolas wirklich gehen. Doch der zögerte, öffnete schließlich die Dose und nippte daran. Janes Blick wanderte erneut zu Arthur. Er schüttelte den Kopf und sah sie grimmig an. Sie zuckte kaum merklich mit den Schultern, als wollte sie sich dafür entschuldigen, dass Nicolas noch immer hier war. Er setzte ein zweites Mal an, und diesmal trank er einen großen Schluck, als hätte er beim ersten Mal nur feststellen wollen, ob die Limo genießbar war. Er wandte sich ab und presste sich den Unterarm auf den Mund, um möglichst diskret aufzustoßen. »Wow, das ist ja ein riesiges Puzzle. Cool!«, rief er plötzlich, als er die bruchstückhafte Mittelalterburg entdeckte, die sich zwischen Couch und Badezimmertür über einen beträchtlichen Teil des Teppichs erstreckte.

»Ja, ich liebe Puzzles über alles!«, antwortete Jane, sichtlich erfreut über Nicolas' Interesse. »Arthur kann Puzzles nicht leiden. Sobald sie aus mehr als fünfzig Teilen bestehen, sind sie ihm nämlich zu kompliziert.«

Arthur rollte mit den Augen.

»Also, ich finde, je anspruchsvoller, umso größer ist die Herausforderung«, entgegnete Nicolas. »Das ist doch gerade der Reiz!« Er beugte sich über die Puzzleteile. Arthur schaute zu Jane und tippte sich an die Stirn, um ihr zu verstehen zu geben, dass Nicolas offensichtlich einen Vogel hatte. Schnell versicherte sie sich, dass er es nicht bemerkt hatte. Aber der Trottel merkte doch überhaupt nichts!

Während Arthur vorgab, sich auf das Fernsehprogramm zu konzentrieren, beobachtete er die beiden aus dem Augenwinkel. Mindestens eine Minute lang starrten Jane und ihr neuer Spielgefährte stumm auf das Puzzle, bevor er auf die Knie ging, ein Teil nahm und es an die richtige Position setzte. Arthur sah, dass Jane Nicolas anstrahlte, als hätte er eben eine bahnbrechende Höchstleistung dargeboten. Er wirkte jetzt gar nicht mehr müde. Im Gegenteil. Er schien begierig darauf zu sein, das nächste passende Puzzlestück zu finden, um Jane noch mehr zu imponieren. Sie selbst fixierte nun ebenfalls die halbfertige Burg ... nachdem sie sie wochenlang nicht mehr beachtet hatte.

Als es ihr offenbar gelang, drei Puzzleteile auf einen Schlag zusammenzufügen, jubelte sie, hob die Hand und ließ Nicolas einschlagen. Dann schälte er sich aus seiner Jacke, faltete sie sorg-fältig zusammen und schob sie beiseite. Genervt drehte Arthur die Lautstärke des Fernsehgeräts noch ein Stück auf. Vom Sofa aus hatte er Nicolas' Profil im Blick und ihm entging nicht, wie er Jane immer wieder anglotzte. Es war schäbig. Und irgendwie hatte es den Anschein, als versuchte er, sich näher an sie heranzubewegen, während sie da nebeneinander auf dem Teppich saßen. Nur um Millimeter, aber er tat es. Vielleicht legte er es darauf an, zwischendurch wie zufällig ihre Finger zu berühren. Das gefiel ihm sicher ... Außer seiner Oma hatte er bestimmt noch nie eine Frau angefasst. Die Mädchen hielten ihn doch garantiert für einen Spinner. Abgesehen von Jane ... Musste sie so verflucht nett zu ihm sein? Es führte am Ende noch dazu, dass er sich in sie verknallte ... Arthur spürte, wie sich sein Magen verkrampfte. Ihn überkam ein heftiger Brechreiz, aber er konnte gerade noch verhindern, sich zu übergeben. Jane und Nicolas hatten nichts bemerkt. Das Dreamteam war mit sich selbst beschäftigt.

Arthur reckte den Hals, um zu sehen, ob das verdammte Puzzle bald fertig war, doch es lagen noch immer Hunderte loser Teile über den Teppich verstreut. Die Aussicht, dass Nicolas die halbe Nacht an Janes Seite kleben würde, war niederschmetternd. Die beiden schienen Arthurs Anwesenheit mittlerweile völlig vergessen zu haben.

»Dein Shirt ist ja kaputt«, bemerkte Jane und tippte auf Nicolas' Schulter, wo sie anscheinend ein kleines Loch oder eine aufgetrennte Naht entdeckt hatte. Arthur hielt die Luft an, während ihr Finger über die Stelle strich.

»Das solltest du schnell reparieren. Vor dem nächsten Waschen. Damit das Loch nicht größer wird.«

Nicolas blickte einen Moment auf seine Schulter, dann starrte er Jane für endlos erscheinende Sekunden an. Ihre Berührung schien ihn wie ein Blitz getroffen zu haben. Sein Blick glich dem eines Wahnsinnigen. Fast rechnete Arthur damit, dass der Scheißkerl alles um sich herum vergaß und Jane küsste, sobald er aus dieser Schockstarre erwachte.

»Ist nur ein altes Arbeitsshirt. Aber ich werd es flicken.« Noch immer starrte er sie an und er hörte auch nicht damit auf, als sich Jane wieder über das Puzzle beugte. Auf seinen Lippen lag ein Lächeln. In diesem Moment gab es für Arthur keinen Zweifel ... Das miese Stück Dreck verliebte sich gerade in Jane.

*

Er wusste nicht, wie es dazu gekommen war ... Er hatte das Messer aufgehoben und stand auf einmal hinter Nicolas. Und als dieser den Kopf drehte und zu ihm aufsah, mit seinem ahnungslosen Blick und dem glückseligen Lächeln, rammte er ihm die Klinge mit solch einem unbändigen Hass ins Auge, dass sie bis zum Griff eindrang.

Arthur riss das Messer sofort wieder heraus und ließ es fallen. Ein Schwall Blut quoll aus der

Wunde. Nicolas war wohl zu überrascht, um zu schreien, und sein unversehrtes Auge starrte Arthur an, als wäre die Situation noch nicht greifbar für ihn. Jane merkte erst, dass etwas passiert war, als Blut auf die Puzzleteile tropfte. Entsetzt sprang sie auf, presste sich die Hände auf den Mund und blickte geschockt auf Nicolas. Dann schrie er. Nicht laut. Eigentlich war es nur ein Wimmern. Irgendwo tief in seinem Verstand wusste Arthur, dass er zu weit gegangen war. Trotzdem verspürte er für einen kurzen Moment Erleichterung ... Und dann kam das Entsetzen.

Immer mehr Blut floss aus Nicolas' Augenhöhle. Arthur war wie gelähmt und kam erst zu sich, als Jane versuchte, Nicolas Richtung Tür zu schleifen. Doch er krümmte sich vor Schmerzen und zappelte. Vielleicht wollte sie ihn zum Fahrstuhl ziehen. Glaubte sie, dass es möglich war, ihn zu retten, wenn sie ihn rechtzeitig ins nächste Krankenhaus schaffte?

»Vergiss es, Janey«, sagte Arthur. Er hatte versucht, ruhig zu klingen, aber seine Stimme zitterte. Da war so viel Blut. Nicolas würde sterben. Warum war er noch nicht tot?

»Wir müssen ihm doch helfen!«, schrie Jane unter Tränen. Noch einmal zerrte sie an Nicolas' Arm, schaffte es aber nur, seinen Körper um wenige Zentimeter zu bewegen, bevor sie entkräftet zusammenbrach. Sie kniete in der Blutlache, schluchzte und strich zitternd über Nicolas' Kopf. Er bewegte sich nicht mehr. Aber er jammerte, und das waren die grauenhaftesten Laute, die Arthur je gehört hatte. Jane nahm das Messer, das neben ihr lag. Sie zitterte so heftig, dass es ihr nicht gelang, aufzustehen. Arthur wollte ihr helfen, doch sie stieß ihn von sich weg.

»Es dauert zu lange!«

»Es ist gleich vorbei«, antwortete Arthur und hoffte, dass er recht hatte.

»Wann?!«, schrie sie.

Ihre Hände waren blutig. Heftig zitternd umklammerte sie das Messer. Nicolas röchelte

und stöhnte. Arthur hielt die Luft an. Es war unerträglich, darauf zu warten, dass es aufhörte. Und dann stieß Jane das Messer in Nicolas' Brust. Arthur sah sie zurücktaumeln, den entsetzten Blick noch immer auf Nicolas geheftet. Er stöhnte ein letztes Mal auf. Dann war es endlich vorüber.

20

Jane spürte Arthurs Atem an ihrer Schläfe. Er saß neben ihr auf dem Boden, hielt sie fest in den Armen und strich ihr unaufhörlich über den Kopf. Noch vor ein paar Minuten hatte sie unter Weinkrämpfen hyperventiliert und panisch um sich geschlagen, aus Angst zu ersticken. Arthur redete ruhig auf sie ein, versprach ihr wieder und wieder, dass alles gut werden würde. Und die ganze Zeit über lag Nicolas vor ihnen. In einem See aus dunklem Blut. Jane konnte sein Gesicht nicht erkennen, weil der Kopf zur anderen Seite gedreht war. Sie sah es dennoch vor sich. Schmerzverzerrt. Entstellt. Ein klaffendes Loch anstelle seines Auges. Wie hatte Arthur das tun können? Wie hatte *sie* es tun können? Wie hatte sie Nicolas das Messer in die Brust stoßen können? Es war einfach über sie gekommen. Und noch nie zuvor hatte sie das Gefühl der Erleichterung so stark empfunden, wie in dem Moment, als sein Wimmern verstummt war. Als seine Angst vorüber war, und die Schmerzen, die unvorstellbar schlimm gewesen sein mussten, ein Ende gefunden hatten.

»Alles wird wieder gut«, flüsterte Arthur in ihr Ohr. »Es wird alles wieder gut.«

Aber wie sollte es je wieder gut werden? Arthur und sie würden nie mehr dieselben Menschen sein, die sie vor einer Stunde noch gewesen waren. Wie sollte man überhaupt mit diesem Gefühl, diesem Entsetzen, leben?

Irgendwann zog er sie vom Boden hoch, führte sie zum Sofa und legte behutsam die Decke über sie. Der Fernseher lief noch immer, aber der Ton war abgeschaltet. Die Menschen bewegten stumm die Lippen.

»Bleib liegen, Janey. Ich kümmere mich um alles.« Arthur strich ihr das Haar aus der Stirn und küsste die Stelle. Wegen der Tränen sah sie nur verschwommen, wie er sich erhob, wie er sich Nicolas näherte und lange auf ihn niederblickte. Wie er ihn dann ins Bad schleifte und die Tür hinter sich schloss. Minuten später kehrte er noch einmal zurück, um das Beil zu holen.

Jane hatte kein Gefühl für die Zeit, die Arthur im Badezimmer verbrachte. Sie presste sich die Hände auf die Ohren und starrte unentwegt auf den tiefroten Fleck im Teppich. Auf das Blut, das die Puzzleteile getränkt hatte.

*

Arthur musste mehrere Male gehen, um die Säcke im Fluss zu versenken. Um sie zu beschweren, hatte er die Steinsammlung verwendet.

»Die letzte Tour übernehme ich«, sagte Jane. Arthur sah müde aus. Seine Augen waren gerötet. Er hielt sich an der Lehne des Sofas fest, als fürchtete er, die Beine könnten unter ihm einknicken. Er rieb sich das Gesicht und als er tief ein- und ausatmete, hörte Jane, wie er zitterte. Sie wechselte ihre blutbefleckten Kleider gegen eine saubere Hose und einen Kapuzenpulli und ging ins Bad. Der Sack war nicht so schwer, wie sie es sich vorgestellt hatte. Wahrscheinlich hatte sich Arthur den leichtesten für den Schluss gelassen.

»Jane …«

»Ich gehe!«, sagte sie entschlossen. »Es könnte jemandem auffallen, wenn du mitten in der Nacht immer wieder mit Säcken durch die Stadt streifst.«

Darauf erwiderte Arthur nichts mehr. Er war zu erschöpft.

Die Gefahr, dass sich Arthur verdächtig machte, wenn er in dieser Nacht wiederholt mit Säcken beladen durch die Straßen lief, war nicht der einzige Grund für Jane gewesen, die letzte Tour zu übernehmen. Sie *musste* es tun! Für Arthur.

Schon auf der Treppe spürte sie, dass der Beutel doch schwerer war, als er sich zunächst angefühlt hatte. Und bald schmerzte ihre Schulter unter der Belastung. Die Kapuze tief ins Gesicht gezogen, lief sie mit hastigen Schritten die stockfinstere Straße entlang, froh darüber, dass in der gesamten Stadt kaum noch eine intakte Laterne existierte. Sie blickte nicht nach rechts und links und betete, niemandes Aufmerksamkeit zu erregen. Die Schmerzen in ihrer Schulter wurden schlimmer, aber sie wollte den Sack auf keinen Fall absetzen. Sie fürchtete sich davor, ihn zu berühren und mit den Fingern etwas zu ertasten. Gleichzeitig konnte sie nicht aufhören, sich zu fragen, welche Teile von Nicolas es sein mochten, die sie bei sich trug. Es war ihr unbegreiflich, dass das in der Tüte wirklich *er* war.

Als Jane endlich die Brücke erreichte, zitterten ihre Arme. Ihre Muskeln und Sehnen brannten von der Anstrengung. Die Kleidung klebte nass auf ihrer Haut. Am Horizont hellte sich der Himmel bereits auf und sie beeilte sich, zur Brückenmitte zu gelangen, wo der Fluss am tiefsten war. Sie wollte es schnell hinter sich bringen. Nur keinen Gedanken mehr daran zulassen, was sie im Begriff war, zu tun! Unter ihren Füßen hörte sie das Rauschen. Tränen liefen ihr über die Wangen. Sie dachte an ihre Eltern und ein wenig tröstete der Gedanke sie, dass die beiden dort sein würden, wenn Nicolas kam. Sie sah sein Gesicht vor sich. Sein Lächeln, während sie gepuzzelt hatten. Jane schluchzte. Sie fühlte sich schuldig, so sehr, dass es wehtat. Sie hatte Arthur auf ihn wütend gemacht. Die Schuld saß tief in ihrem Innern und fraß sich langsam durch ihre Eingeweide nach draußen.

Jane blickte sich um und vergewisserte sich noch einmal, dass sie allein war. Dann schob sie den Beutel näher an den Abgrund und stieß ihn hinab.

*

Zu Hause schlich sie sich in die Wohnung und schloss die Wohnungstür so geräuschlos wie möglich, um Arthur nicht zu wecken. Er lag zusammengekauert auf dem Sofa. Das Deckenlicht brannte noch. Der Fernseher war ausgeschaltet. Über die blutige Stelle im Teppich hatte Arthur ein Handtuch ausgebreitet. Jane machte einen Bogen darum. Vor der geöffneten Badezimmertür stieg ihr ein beißender Geruch in die Nase. Eine abstoßende Mischung aus Bier, Essig,

Blut und Tod. Von der Türschwelle aus blickte sie ins Bad. Wie hatte es Arthur ohne fließendes Wasser geschafft, hier alle sichtbaren Blutspuren zu beseitigen? Offenbar hatte er sämtliche Flüssigkeiten verwendet, die er in der Wohnung finden konnte. In der Ecke neben der Toilette lagen Bier- und Coladosen, sogar ein zerdrückter Milchkarton.

Als sich Jane zu Arthur umdrehte, fiel ihr Blick auf die blaue Jacke. Sie lag auf dem Boden neben dem Sofa und war zu einem Rechteck zusammen- gefaltet. Jane erschrak. Zitternd hob sie die Jacke auf, faltete sie auseinander und hörte das Geräusch von Schlüsseln in der Tasche. Erst als sie den Schlüsselbund in der Hand fühlte, fiel ihr Nicolas' Großmutter ein. Wie hatte sie sie nur vergessen können? Hatte der Schock einen Teil ihrer Hirnfunktionen lahmgelegt? Jane sah die alte Frau vor sich, wie sie in ihrem Bett erwachte und nach Nicolas rief. Aber er würde nicht kommen.

Plötzlich zuckte Arthur im Schlaf zusammen. Seine Gesichtszüge verspannten sich, als befände er sich gerade in einem furchtbaren Traum. Jane kniete sich vor das Sofa und strich ihm über den Kopf. Arthur erwachte sofort. Einen Moment lang sah er Jane an, bevor sein Blick zu dem

Handtuch am Boden glitt. Er war aus einem Albtraum hochgeschreckt. Nur, um festzustellen, dass er real war.

21

Die Sonne schien bereits durchs Fenster, als Arthur das nächste Mal erwachte. Er hatte fast zwei Stunden geschlafen und konnte kaum glauben, dass sein Körper unter der Anspannung fähig gewesen war, in einen Schlafzustand hinabzugleiten.

Jane, die am Sofaende zu seinen Füßen saß, sprang auf und beugte sich über ihn. Ihre Finger streiften kühl seine Wange. Er griff nach ihrer Hand und rieb sie zwischen seinen eigenen, um sie zu wärmen.

»Nicolas' Großmutter. Sie ist allein in der Wohnung«, sagte Jane. »Wir müssen zu ihr.« Ihre Stimme klang brüchig. Sie war blass und auf eine seltsame Weise wirkte sie auf Arthur kleiner und zerbrechlicher als sonst. Als hätten die Geschehnisse dieser Nacht sie ausgezehrt.

»Wir müssen zu ihr gehen«, sagte sie noch einmal. »Ich hab die Schlüssel aus Nicolas' Jacke.«

Warum konnte dieser Albtraum nicht einfach vorbei sein? Arthur kniff die Augen zusammen und atmete aus. Hinter seiner Stirn pochte ein dumpfer Schmerz. Musste es jetzt auch noch diese Großmutter geben? Alles in ihm sträubte sich gegen die Vorstellung, zu ihr zu gehen. Er wollte sich die Decke über den Kopf ziehen. Sich mit Jane für alle Ewigkeit vor der Welt verschließen. Aber sie konnten die Frau nicht verhungern lassen. Wenn er nicht einlenkte, würde Jane sie allein besuchen oder – noch schlimmer – der Polizei einen anonymen Hinweis geben, damit jemand die Großmutter versorgte. Und irgendwann, wenn Nicolas lange genug verschollen war, würden sie womöglich die Person suchen, die den Hinweis gegeben hatte. Arthur sah ein, dass wohl kein Weg daran vorbei führte, sich fürs Erste um die Frau zu kümmern.

Er klammerte sich an die Hoffnung, dass die alte Dame wirklich so dement war, wie Jane es neulich angedeutet hatte. Vielleicht würde sie ihren geliebten Enkel in ein paar Tagen vergessen haben, als hätte es ihn nie gegeben. Arthur versuchte, sich zu erinnern, was Nicolas gestern über seine Jobsuche erzählt hatte. Er war noch nicht fündig geworden ... Wenn das stimmte, würde ihn abgesehen von der Großmutter vielleicht niemand vermissen. Nicht in nächster Zeit.

*

Am liebsten hätte Arthur draußen vor dem Haus auf Jane gewartet, aber er konnte es ihr nicht allein aufbürden, zu Nicolas' Großmutter zu gehen. Außerdem musste er die alte Dame sehen, um einschätzen zu können, ob sie eine Bedrohung war. Und er wollte dringend duschen! Überall auf seinem Körper, so kam es ihm vor, hafteten Nicolas' Blutspuren, obwohl er sich wie ein Besessener mit dem biergetränkten Handtuch abgerieben hatte. Das Gefühl war kaum zu ertragen. Es machte ihn wahnsinnig. Wenn er sich nicht bald davon reinwaschen konnte, würde er sich die eigene Haut abziehen.

Noch bevor er den ersten Fuß in die Wohnung gesetzt hatte, stieg ihm der Gestank von abgestandener Luft, Urin und süßem Raumspray in die Nase. Kurz flammte die Hoffnung in ihm auf, dass die alte Frau gestorben war und der Geruch von ihrer im Bett liegenden Leiche stammte. Dann hätten er und Jane getrost wieder heimgehen können. Aber sie war nicht tot.

Ihr Gesicht war seltsam grau. Anstelle von Haaren wuchs nur noch etwas Flaum auf ihrem fast kahlen Kopf, genau wie Jane sie beschrieben hatte. Sie erinnerte Arthur an eine leblose Mumie, doch ihre Augen schienen noch gut zu funktionieren, denn als sie ihn im Türrahmen stehen sah, war ihr Blick sofort wach und sie verzog ihren Mund zu einem zahnlosen Lächeln. Arthur atmete flach. Der Geruch wurde mit jeder Sekunde abstoßender. Er wollte sich der Alten nicht weiter nähern, aber Jane schob ihn sanft ein Stück ins Zimmer hinein. Dann hielt sie inne und schien die Reaktion der Frau abzuwarten. Würde sie es mit der Angst bekommen, wenn sie begriff, dass zwei Fremde in ihrem Schlafzimmer standen? Aber sie wirkte nicht verängstigt. Sie lächelte Jane an, dann wanderte ihr Blick wieder zu Arthur. Sie hob die zitternde Hand und hielt sie ihm entgegen, als wollte sie sein Gesicht berühren, obwohl er dafür zu weit entfernt war.

»Nicolas«, wisperte sie. »Guten Morgen, mein lieber Junge.«

Arthur spürte, wie Schweiß an seinem Rücken hinab rann. Er deutete ein Nicken an und zwang sich zu einem Lächeln.

»Setz dich einen Moment zu mir«, bat sie. Er blickte hilfesuchend zu Jane, aber sie zwinkerte ihm aufmunternd zu. Wie mechanisch trat er ans Fußende des Bettes, setzte sich und legte die Hand auf die Decke. Unter dem Stoff fühlte er die Füße der Frau, und selbst diese indirekte Berührung bereitete ihm eine Gänsehaut. Ohne es zu wollen, sah er der Alten in die Augen. Und auf einmal überkam ihn ein anderes Gefühl, das sich mit seiner Panik mischte und alles noch unerträglicher machte. Diese alte Frau war ein Mensch. Sie war hilflos und das einzige, was ihr in ihrem zerbrechlichen Leben geblieben war, hatte *er* ihr genommen. Ihm ging durch den Kopf, dass es ihm vielleicht eines Tages gelingen mochte, Nicolas' Gesicht aus seinen Erinnerungen zu verdrängen. Aber niemals die Augen seiner Großmutter.

»Enid? Wissen Sie noch, wer ich bin?«, hörte er Jane fragen.

Die alte Frau lächelte fortwährend, aber sie schwieg so lange, dass Arthur nicht mehr glaubte, sie würde noch antworten. Doch dann nickte sie und blickte zwischen Jane und ihm hin und her. »Ihr seid ein so hübsches Paar.«

Arthur wurde es für einen kurzen Moment schwarz vor Augen. Ihm war übel. Er wollte raus. Wollte die abgestandene Luft nicht länger einatmen und die Frau nicht mehr ansehen müssen.

Reiß dich zusammen! Du hast es fertig gebracht, Nicolas mit einem Beil und einem Sägemesser zu zerteilen. Und jetzt schaffst du es nicht, die Gegenwart dieser Alten zu ertragen?

»Ich muss gehen ... sofort. Zur Arbeit«, presste

er hervor. Er würde sich übergeben, wenn er auch nur fünf Sekunden länger in diesem Zimmer blieb.

»Immer arbeiten ... Mein tüchtiger, lieber Junge«, erwiderte die alte Frau. Auf ihren steingrauen Lippen lag ein unheilvolles Lächeln. Arthur sprang auf und taumelte rückwärts. Er streifte Janes Schulter, bevor er mit dem Rücken gegen den Türrahmen stieß.

Jane sah ihn besorgt an. Sie schien zu spüren, was er empfand. »Ich werde noch kurz bleiben und ihr etwas zu essen machen«, sagte sie leise und umarmte ihn.

22

Inzwischen brannte die Vormittagssonne auf
Arthurs Gesicht. Der Verkehr hatte zugenommen
und der Bürgersteig füllte sich mit Menschen.
Das Warten auf Jane wurde ihm mit jeder
Minute, die verstrich, unerträglicher. Er fürchtete, sein Verhalten, das Herumlungern, könnte
verdächtig wirken. Was, wenn die Polizei ihn
bereits im Visier hatte? Hektisch blickte er sich
um, versuchte auszumachen, ob unter den
Passanten jemand war, der ihn beobachtete. Aber
sie alle hetzten mit verbissenen, kalten Mienen
wie Getriebene an ihm vorbei.

Nein. Niemand konnte etwas von letzter
Nacht wissen. Und keine Menschenseele ahnte,
dass Nicolas' Überreste an demselben Ort
verrotten würden, wo er die Leichen seiner Eltern
entsorgt hatte. Arthur ging durch den Kopf, dass
es bei aller Tragik fast schon etwas Komisches
hatte. Es schien sein Schicksal – oder eher ein
Fluch – zu sein, Leichen zu verscharren und das
Verschwinden dieser Menschen vor der Gesellschaft zu verbergen. Doch wie lange konnte so
etwas gutgehen? Wie lange hielt man es aus?

Über eine Stunde lang tigerte er auf der
gegenüberliegenden Straßenseite auf und ab, bis

Jane endlich aus dem Haus kam. Er fand, dass sie nicht mehr so verzweifelt wirkte wie zuvor. Der Besuch bei der alten Frau hatte sie ein wenig beruhigt, doch er fürchtete sich vor dem Moment ... morgen oder in den nächsten Tagen ... wenn Janes Geist den Schock nach und nach verarbeitete. Wenn ihr klar wurde, dass *er* für das Grauen verantwortlich war. Dass *er* schuld daran war, was sie in dieser Nacht gesehen und getan hatte. Er verdrängte den Gedanken und klammerte sich an die Hoffnung, dass dieses Erlebnis sie beide nur noch enger aneinanderbinden würde. Jane hatte das Messer in Nicolas' Brust getrieben, um den Jungen zu erlösen. Aber ein Teil von ihr hatte es womöglich auch getan, um die Schuld und das Grauen zu teilen. Nicolas' Blut klebte nun auch an *ihren* Fingern. Sie hatte sogar darauf bestanden, den letzten Müllsack in den Fluss zu werfen. Weil sie alles gemeinsam durchstanden. Immer.

Sie hatte die Fäuste in den Taschen des Sweaters vergraben. Ihre Augen waren gerötet. Vielleicht lag es an der Müdigkeit. Vielleicht hatte sie eben am Bett der Frau geweint.

»Ist alles in Ordnung?«, fragte er. Eine bizarre Frage unter den Umständen, aber Jane nickte tapfer.

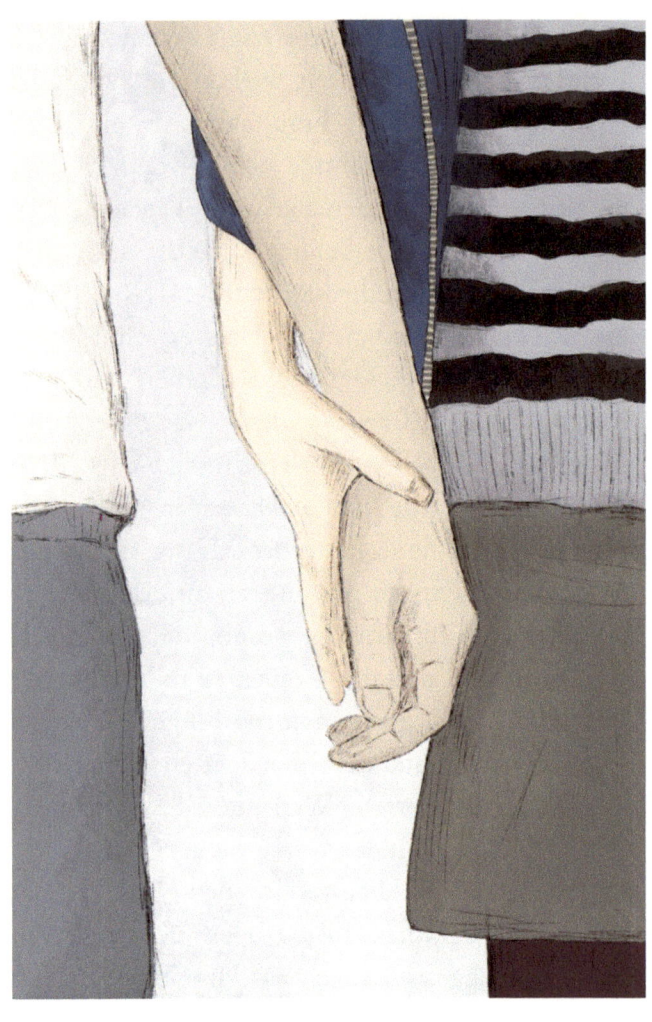

»Ich glaube, es geht Enid gut«, sagte sie. »Der Küchenschrank ist voll mit Konserven. Die Vorräte reichen mindestens für die nächsten zwei oder drei Wochen.«

Arthur nickte. Sein Mund war so furchtbar trocken. Er hätte etwas Wasser trinken sollen, aber noch einmal zurück in die Wohnung konnte er nicht. Jane nahm seine Hand. Während sie gingen, fragte er sich, welcher Wochentag war. Welcher Tag war gestern gewesen? Es wollte ihm nicht mehr einfallen ... Er wünschte sich, die nächsten Wochen und Monate einfach überspringen zu können. Bis zu einem Punkt in der Zukunft vorspulen zu können, an dem es sich nicht mehr so erdrückend anfühlte. Bis zu einem Punkt, an dem diese Nacht nur noch eine verblasste Erinnerung war. Aber was, wenn es *nicht* besser wurde? Er hatte ein Menschenleben ausgelöscht. Er hatte nicht nur Nicolas etwas angetan, sondern auch Jane und sich selbst.

Er betrachtete sie von der Seite. Das blaue Haar war strähnig und wirr. Sie sah verändert aus. Sie war so klein und doch kam es ihm vor, als wäre sie plötzlich erwachsen geworden, ohne Vorwarnung, ohne zu wissen, wie es weitergehen sollte. Jetzt stand sie noch unter Schock. Wenn sie erst begriff, was geschehen war, was *er* getan hatte, würde sie ihn vielleicht wieder so ansehen wie letzte Nacht. Voller Entsetzen.

Plötzlich hatte Arthur das Gefühl, keine Luft

zu bekommen. Er blieb stehen und zerrte am Ausschnitt seines Shirts. Die Menschen, die vorbeigingen, starrten ihn an mit ihren bohrenden Augen, als wüssten sie alle über ihn Bescheid. Er rang panisch nach Atem. Jane packte seine Hände und drückte sie fest. »Ruhig, Arthur.« Sie wiederholte die Worte fünf ... vielleicht zehn Mal. Im Grunde wusste er, dass es nur eine Panikattacke war. Dass er nicht wirklich erstickte. Doch es wurde noch schlimmer, während er versuchte, Sauerstoff in seine Lungen zu saugen. Er dachte an die Blutspritzer auf den Puzzleteilen, die im Wohnzimmer verstreut lagen. An das Blut, das in den Teppich und darunter tief ins Holz der Bodendielen gedrungen war. An Nicolas' Jacke, die sich noch in der Wohnung befand und an die Limodose, aus der er getrunken hatte ...

Ein Wagen raste vorbei und der Motor donnerte so unfassbar laut in Arthurs Kopf, dass er sich von Jane losriss, um sich die Hände auf die Ohren zu pressen. Der Lärm der Straße, die Menschen, das gleißende Sonnenlicht – all das hielt er nicht länger aus.

Nur wegen des dumpfen Schmerzes in seinen Knien wurde ihm bewusst, dass er zu Boden gesackt war. Wie betäubt nahm er wahr, wie Jane an ihm zerrte und ihn zwang, wieder aufzustehen. Er sah die Angst in ihren Augen.

»Ich bring dich hier weg«, hörte er ihre Stimme, doch sie klang verzerrt und weit entfernt. Ein vorbeigehender Mann starrte ihn an, so intensiv, dass Arthur glaubte, die Augäpfel müssten ihm jeden Moment aus den Höhlen platzen. Gleichzeitig verformte sich das Gesicht zu einer entsetzlichen, grotesken Fratze.

Arthur hatte kein Gefühl dafür, wie weit sie liefen. Während Jane ihn durch das Gedränge führte, richtete er den Blick auf seine Füße. Er konzentrierte sich darauf, einen Schritt nach dem anderen zu machen, einzuatmen, auszuatmen.

Und dann war es endlich still. Das beißende Licht war verschwunden. Sie befanden sich in der Kirche. Arthur hatte sie noch nie zuvor betreten. Zitternd blickte er sich um. Außer ihnen beiden war niemand hier. Vor die riesigen Fenster, die sicher einst kunstvoll bunt verglast gewesen waren, hatte man Platten und Bretter genagelt. Nur die winzigen Fenster weit oben waren intakt und ließen ein wenig Licht herein. Die rustikalen Holzbänke wirkten uralt und gleichzeitig so massiv, dass sie wohl noch weitere Jahrhunderte überdauern würden. An der Seite stand ein schlichter Hocker, auf dem ein paar Kerzen brannten. Der Putz bröckelte von den kahlen Wänden.

»Geht es wieder?«

Arthur nickte und Jane atmete auf, aber er konnte noch immer den Schrecken in ihrem Gesicht lesen. Sie umarmte ihn und langsam beruhigte er sich. Vielleicht war es die Stille, vielleicht waren es auch die dicken Steinmauern, die ihm das Gefühl gaben, hier drinnen sicher zu sein. Aneinandergeklammert standen sie minutenlang einfach nur da. Als er Jane wieder ansah, hatte sie Tränen in den Augen. »Du bist müde, Janey.« Er berührte sanft ihr Augenlid. Sie war blass und verschwitzt. »Ich bin auch müde«, flüsterte er. »Unfassbar müde.«

Statt einer Antwort drückte sie sich noch fester an ihn. Er strich über ihren Rücken. Irgendwann löste er sich vorsichtig von ihr und zog sie in eine der vorderen engen Bankreihen. Er kroch unter die Bank und bedeutete Jane, sich zu ihm zu legen. Der Boden war kalt, aber es war der sicherste Platz.

*

Sie lagen unter der Bank in der Dunkelheit und zum ersten Mal seit einer Ewigkeit verspürte Arthur ein Gefühl von Frieden. Sie waren allein. Und selbst, wenn jemand in die Kirche käme, wären Jane und er in diesem Versteck unsichtbar. Niemand wusste, dass sie hier lagen. Der Gedanke beruhigte ihn und langsam löste sich die Angst in ihm auf.

Am liebsten hätte er Jane gebeten, mit ihm fortzugehen. Weit weg. Irgendwohin, wo es keine Menschen gab oder wo niemand sie kannte. Aber er wusste, dass sie das nicht konnte. Nicht, solange es diese alte Frau gab.

Jane hielt ihn fest umschlungen, vergrub das Gesicht an seinem Hals und weinte lautlos. Er spürte die Nässe ihrer Tränen auf seiner Haut und ihren warmen Atem. Irgendwann wich die Spannung aus ihrem Körper und die Kraft ihrer Umklammerung ließ nach. Sie war eingeschlafen. Arthur strich ihr über die Wange, sehr zart, um sie nicht wieder aufzuwecken. Er küsste sie sanft. Dann schloss auch er die Augen.

An dieser Stelle endet der Roman. Aber nicht die Geschichte.

Ich freue mich sehr, dass Du ‚Kleine heile dreckige Welt' gelesen hast und hoffe, Du hattest eine gute Zeit. Vielleicht werden Dir Jane und Arthur sogar noch eine Weile im Kopf bleiben? Und möglicherweise malst Du Dir in Deiner Vorstellung Szenarien aus, wie ihr weiteres Leben verlaufen könnte. So geht es mir jedenfalls! Jane und Arthur geistern auch jetzt noch in meinem Kopf herum, lange nachdem ich das letzte Kapitel geschrieben habe und ‚Kleine heile dreckige Welt' veröffentlicht ist. Ich werde wohl noch etwas Zeit brauchen, sie loszulassen.

Aber bald (damit rechne ich fest) kommen neue Ideen, um mein Gedankenkarussell zu besetzen. Neue Figuren, neue Schicksaale, eine neue Welt. Ich bin gespannt.

Herzliche Grüße,
Anna

Mehr von Anna Gasthauser?
Bisher sind folgende weitere Romane erschienen:

Godeks Keller
Die Liebe der Kellerwesen
Kein Mensch und Sara
Wie Laborratten
(Mystery)

Schnapsladennächte
(Liebesroman)

Lange Zeit hat es John Godek geschafft, die Erinnerungen an seinen grausamen Vater zu verdrängen, der einst junge Frauen im Keller des Hauses gefangen hielt, sie quälte und schließlich tötete. Als John der Geist einer Frau erscheint, glaubt er zunächst, dass er langsam den Verstand verliert. Doch Ann ist eines der Opfer seines Vaters ... Bald ist John gezwungen, sich den schrecklichen Erinnerungen zu stellen - und auch seiner eigenen Schuld. Und während er herauszufinden versucht, was damals wirklich in Godeks Keller geschah, geht er durch seine ganz persönliche Hölle.

"Godeks Keller" ist kein gewöhnlicher Geisterroman. Es ist die Geschichte zweier trauriger Seelen - surreal, anders und mitreißend spannend.

Furcht vor dem Übernatürlichen - ein Gefühl, das Lydia bisher nicht kannte. Sie hat die Erfahrung gemacht, dass das wahre Leben weit erschreckender ist, als es Geister oder Untote je sein könnten. Doch als sie den mysteriösen Firmenkeller betritt, taucht sie in eine fremde Welt ein, die sie in Angst versetzt und gleichzeitig fasziniert ...

Benno, der junge Hausmeister, hat es sich zur Aufgabe gemacht, die Geheimnisse des Kellers zu bewahren. Er ist ein Einzelgänger und hält sich die Menschen so gut es geht vom Hals, bis die Büroangestellte Lydia in sein Leben stolpert und seine Gefühle gehörig durcheinanderbringt. Bald sind es nicht mehr die Kellerwesen, die er schützen muss, sondern Lydia. Denn ein unheilvoller dunkler Mann streckt bereits die Finger nach ihr aus und zieht sie immer tiefer in seinen Bann.

Eine außergewöhnliche Geschichte voller Mystik, Spannung und Leidenschaft.

In naher Zukunft.

Die sechzehnjährige Sara ist auf sich allein gestellt. Ihr Alltag wird bestimmt von der Willkürherrschaft der KLPO, von Gewalt, Elend und Einsamkeit.

Nach dem Selbstmord ihrer Tante übernimmt sie wider Willen die Verantwortung für deren VyO Jim – einen künstlichen Menschen.
Geschöpfe seiner Art werden von der KLPO gejagt und getötet – ebenso wie die, die ihnen helfen.

Als Sara erkennt, dass Jim weit menschlicher ist, als sie erwartet hat, beschließt sie, ihn zu schützen – und bringt sich selbst in größte Gefahr.

Ein dystopischer Jugendroman über eine ungewöhnliche Liebe in einer düsteren, erbarmungslosen Welt.

Der junge Kneipenbesitzer Chris und seine einzige Angestellte Lucie können sich nicht ausstehen. Zwar ist da eine Anziehungskraft zwischen ihnen, die sie mit jedem Tag deutlicher spüren, doch beide kämpfen dagegen an. Kein leichtes Unterfangen! Denn die Arbeit in der kleinen, schummrigen Bar zwingt die beiden, die Nächte miteinander zu verbringen. Und bald geht es nicht nur in der Kneipe, sondern auch im Gefühlsleben von Lucie und Chris, drunter und drüber!

Auch lesenswert:

Wie entschuldigt man sich bei jemandem, wenn man weiß, man kann es nie wieder gut machen? Wie lernt man, ohne jemanden zu leben, wenn man diesen Menschen nicht vergessen will? Rebecca hat ihren Partner nach fünf Jahren verlassen, als er sie am dringendsten gebraucht hätte. Leonard hat seine Frau nach sechzig Jahren Ehe durch einen Herzinfarkt verloren. Eine Enkelin. Ein Großvater. Zwei grundverschiedene Situationen. Und eine Möglichkeit, die diesen beiden Menschen individuell dabei hilft, die Scherben ihres Lebens langsam wieder zusammenzusetzen.